KB018623

인간의 대지

Terre des hommes

앙투안 드 생텍쥐페리 지음 | 김미정 옮김

더스토리

By the author of
NIGHT FLIGHT

Decorations by
John O'H. Cosgrave, II

Wind, Sand and Stars

by

Antoine de Saint Exupéry

Translated from the French by

Lewis Galantière

Reynal & Hitchcock, New York

*일러두기

1939년 프랑스에서 출간된 《인간의 대지(Terre des hommes)》를 번역 원문으로 삼되, 같은 해에 미국에서 번역 출간된 《바람과 모래와 별들(Wind, Sand and Stars)》의 표지와 삽화를 사용했다.

차례

서문 8

나의 동료 앙리 기요메,
당신에게 이 책을 바친다

서문

대지는 세상의 모든 책보다 우리에 대해 많은 걸 가르쳐 준다. 대지가 우리에 맞서 저항하기에 그렇다. 인간은 장애물과 겨루며 비로소 자기를 발견해 간다. 그런데 이 과정에는 대패나 쟁기 같은 도구가 필요하다. 농부는 쟁기로 밭을 갈면서 자연에서 조금씩 비밀을 캐내며, 그가 캐낸 진리는 우리 모두에게 해당된다. 마찬가지로 항로의 도구인 비행기는 인간을 모든 해묵은 문제와 직면시킨다.

나는 아르헨티나를 처음으로 야간 비행 하던 그날의 장면을, 별만 홀로 반짝이고 드문드문 초원에 불빛이 보이던 캄캄한 밤을 언제든 눈앞에 떠올릴 수 있다.

불빛 하나하나가 어둠의 대양 가운데 의식이라는 기적이 존재함을 알리고 있었다. 각자의 안식처에서 그들은 읽고, 성찰하고, 마음속 비밀들을 좇았다. 또 다른 불빛 아래에서는 우주를 탐구하고, 안드로메다 성운을 계산하느라 진이 빠졌으리라. 그런가 하면 다른 불빛 아래에선 사랑을 나누었다. 들판에는 군데군데 식량을 구하는 불빛들이 반짝이고 있었다. 시인의 불빛, 교사의 불빛, 목수의 불빛 같은 잘 보이지 않는 곳까지도. 그러나 살아있는 별 가운데 닫힌 창문들, 사그라든 별들, 잠든 사람들은 또 얼마나 많을 것인가……

우리는 서로에게 가 닿으려고 애써야 한다. 들판 여기저기 타오르는 불빛 가운데 몇몇과 교감하려고 노력해야 한다.

· 1 ·

항로

　　1926년의 일이었다. 나는 라테코에르 항공사 신입
조종사로 막 입사했다. 아에로포스탈의 전신이자 후에 에어프
랑스가 되는 이 회사는 툴루즈와 다카르 간의 연락을 담당했
다. 그곳에서 나는 업무를 배우고 있었다. 다른 동료들처럼 이
번엔 내가 수습 기간을 밟게 되었는데 젊은 조종사들은 그 과
정을 거쳐 우편항공기 조종사가 되는 영예를 얻었다. 시험 비
행, 툴루즈와 페르피냥을 오가는 비행, 얼음장 같은 격납고 안
에서 기상학을 공부하는 우울한 시간이 이어졌다. 우리는 여

전히 미지로 남아있는 스페인 산들에 대해 두려움에 떨었고, 선배들에게 존경심을 품었다.

식당에서 마주치는 선배들은 무뚝뚝하고 약간 거리를 두는 듯한 고압적인 태도로 조언을 해주곤 했다. 그중 한 명이 알리칸테 혹은 카사블랑카에서 늦게 돌아와 우리 모임에 합류했다. 비에 젖은 가죽옷 차림이었다. 우리 중 하나가 비행이 어땠느냐고 소심하게 물었는데, 돌아온 그의 짤막한 대답은 폭풍우 치는 나날들, 여기저기 가득한 덫과 함정, 느닷없이 나타난 절벽과, 삼나무들을 뽑을 만큼 거센 회오리바람이 몰아치는 엄청난 모험의 세계를 우리 안에 그려 주었다. 검은 용 같은 돌풍이 계곡 입구를 막았고, 솟구치는 번개가 능선을 뒤덮었다. 선배들은 우리가 그들을 계속 존경하도록 교묘하게 유도했다. 그러나 가끔씩 그들 중 돌아오지 않는 사람이 있었고, 그는 영원히 우리의 존경의 대상으로 남았다.

나는 뷔리 선배가 돌아온 날을 기억한다. 그는 훗날 코르비에르에서 죽음을 맞는다. 이 나이 든 조종사는 우리 가운데로 와서 자리를 잡고 앉더니, 피로로 어깨를 축 늘어뜨린 채 아무 말 없이 무겁게 식사만 했다. 그날 저녁 그는 최악의 나날을 보내고 온 터였다. 비행 내내 하늘은 물기를 머금어 습하기 이를 데 없었고, 조종사들에겐 밧줄 끊긴 대포가 옛 범선 갑판

위를 굴러다니듯 산들이 일제히 요란한 굉음을 울리며 굴러다니는 것만 같았던 그런 날씨였다. 나는 선배를 쳐다보며 침을 삼키고는, 용기를 내어 비행이 고되었는지 물었다. 그는 내 말이 들리지 않는지 이마를 찡그린 채 접시에 고개를 박고 있었다. 덮개가 없는 비행기를 타면 악천후 속에서 시야를 확보하려고 조종사들은 방풍창 밖으로 몸을 기울인다. 그때 쉭쉭거리는 성난 바람 소리를 한참 듣고 나면 귀가 먹먹해진다. 그는 잠시 뒤 내 말을 들었는지 머리를 들고 무언가를 떠올리는 듯하더니, 갑자기 일어나 호탕하게 웃음을 터트렸다. 그런데 그 웃음이 나를 홀렸다. 그도 그럴 것이, 뷔리 선배는 거의 웃는 법이 없는데 그 짧은 웃음에 그의 피로가 그대로 드러났던 것이다. 그는 자신의 승리에 대해 일절 설명하지 않았고, 머리를 숙이고 다시 묵묵히 음식을 씹기 시작했다. 말단 공무원들이 그날의 피로를 푸는 식당의 단조로운 분위기 속에서 어깨에 무거운 짐을 진 듯한 선배는 기이하게도 고귀해 보였다. 그의 투박한 외관을 뚫고 용을 무찌른 천사가 보이는 것 같았다.

소장의 사무실에서 드디어 내가 호출받는 저녁이 왔다. 그는 짤막하게 말했다.

"자네 첫 비행이 내일일세."

나는 그가 이제 나가 보라고 하기를 기다리며 서 있었다. 그런데 잠자코 있던 그가 덧붙였다.

"규정은 잘 알고 있겠지?"

그 당시에는 오늘날과 달리 엔진의 안전이 보장되지 않았다. 종종 엔진이 경고도 없이 불시에 멈추고 유리가 깨지는 것 같은 시끄러운 소음을 내면서, 우리를 피할 데라고는 없는 스페인의 암석투성이 내륙 쪽으로 내동댕이쳤다. "여기선 엔진이 고장 나면 젠장할! 비행기도 사망하는 거지"라고 우리는 말하곤 했다. 비행기야 교체하면 된다. 중요한 것은 무분별하게 바위 쪽으로 접근하지 않는 것이다. 조종사들은 산악 지대에서는 운해로의 비행이 절대 금지되며 이를 위반할 경우 강도 높은 처벌을 받았다. 고장 난 비행기의 조종사는 흰 구름바다에 파묻혀 산봉우리가 있다는 걸 알아차리지 못한 채 충돌하기 때문이다.

바로 그런 이유로 그날 저녁 소장은 마지막으로 나직한 목소리로 규정을 주지시켰다.

"스페인에서 나침반에만 의지해 구름바다 위를 비행하는 건 멋진 일이지. 굉장히 우아한 비행 같고……."

그러고 나서 아주 느릿느릿 말을 덧붙였다.

"하지만 기억하게. 구름바다 아래로 갔다가는…… 영원히 돌아오지 못한다는 걸."

그 말에 돌연, 구름을 헤치고 떠오를 때 눈 아래 펼쳐지는 그 평화롭고 단순한 고요의 세계가 나에게 미지의 가치로 다가왔다. 이런 감미로움은 하나의 덫이다. 나는 내 발 아래 펼쳐져 있는 흰색의 거대한 덫을 상상했다. 그 아래에는 우리가 생각하듯이 인간의 흥분이나 소요, 활기 넘치는 도시의 행렬이 있는 것이 아니라 한층 절대적인 침묵, 한층 결정적인 평화만 군림하고 있었다. 끈질기게 달라붙는 흰색 구름은 나에게 실제와 비현실, 알고 있는 것과 무지 사이의 경계가 되었다. 이미 나는 하나의 문화, 문명, 직업을 통해서가 아니면 그러한 장관이 어떤 의미도 없다는 것을 깨닫고 있었다. 산골 주민들도 운해를 알고 있다. 그러나 그들은 이 엄청난 커튼을 발견하지 못하리라.

사무실을 나오며 나는 순수한 자부심에 가슴이 벅찼다. 새벽부터는 승객들의 짐과 아프리카 우편기를 내가 책임지는 것이다. 동시에 마음이 굉장히 겸손해졌다. 내가 준비가 덜 된 것만 같았다. 스페인에는 대피소가 별로 없었다. 무전도 받을 수가 없었다. 위협적인 고장이 발생해도 비상 착륙지를 찾아내지 못할까 봐 두려웠다. 불모에 가까운 내 지도를 뚫어져라 살펴봐도 필요한 정보는 보이지 않았다. 그래서 창피함과 자부심이 뒤섞인 마음으로, 결전의 날 전야를 준비하러 동료 기요메의 집으로 달려갔다. 기요메는 나보다 앞서 같은 항로를 비행했다. 그는 스페인을 정복할 중요한 단서들을 알고 있었다.

기요메를 만나야 했다.

내가 그의 집에 도착하자 그가 미소를 지으며 맞아주었다.

"소식 들었어. 설레나?"

그는 포트와인과 잔들을 찾으러 찬장으로 가더니 내내 미소를 띤 채 다시 돌아왔다.

"술을 곁들이지. 걱정 말게. 자네 생각보다 쉬울 거야."

기요메는 전등이 빛을 퍼트리듯 자신감을 발산했다. 이후 그는 안데스산맥, 남대서양산맥의 우편횡단의 기록을 차례차례 갱신할 터였다. 이날 저녁도, 그는 전등 불빛 아래 셔츠 차림으로 팔짱을 끼고 앉아서 사람 좋은 미소를 지으며 말했다.

"천둥, 안개, 눈보라 때문에 간간이 성가실 거야. 그럴 땐 앞서 겪은 선배들을 떠올리게. 그리고 자신에게 이렇게 말하는 거야. '그들이 성공했으니 나도 해낼 수 있어'라고."

나는 내 지도를 펼치고, 그에게 비행을 미리 연습시켜 달라고 조심스럽게 부탁했다. 그렇게 전등 아래에서 몸을 기울인 채 베테랑 선배와 어깨를 맞대고, 나는 학생 시절의 평화를 맛보았다.

그런데 그날의 지리학 수업은 얼마나 기묘했던가! 기요메는 스페인에 관해 가르쳐 주지 않았다. 그 대신 스페인을 친구삼도록 만들었다. 그는 스페인의 하천과 호수, 인구나 가축에 대해서 말하지 않았다. 구아딕스는 설명하지도 않고, 구아딕스 근처 어느 밭의 경계에 심긴 오렌지나무 세 그루만 이야기했다.

"그 나무들을 조심하게. 지도에 표시해 두고……."

지도에서 오렌지나무 세 그루는 시에라네바다보다 더 많은 공간을 차지했다. 그는 로르카에 대해서도 이야기하지 않았으며, 로르카 근처의 어느 소박한 농장만 언급했다. 활기 넘치는 농장에 대해. 농장의 농부에 대해. 농부의 부인에 대해. 우리로부터 15,000킬로미터 떨어진 외딴 곳에 자리 잡은 그 부부는 헤아릴 수 없이 중요한 존재로 소개되었다. 그들은 산비탈에 거주하는 등대지기처럼 별 아래 구조가 필요한 사람들이 보이면 도울 만반의 준비를 하고 있었다.

우리는 이런 식으로 망각으로부터, 헤아릴 수 없이 먼 곳으로부터, 세상의 모든 지리학자들이 무시한 세세한 정보들을 수집했다. 그들은 대도시에 물을 대는 에브로 강에만 관심을 둘 뿐 모트릴 서쪽 수풀 아래 숨겨진 개울, 서른 송이 꽃들의 양분을 주는 아버지 같은 개울에는 신경도 쓰지 않았기 때문이다.

"그 개울을 조심하게. 비행장을 망쳐버리는 개울이야……. 그것도 지도에 표시해 두게."

아! 나는 간교한 뱀 같은 모트릴의 개울을 기억해 두었어야 했다! 그것은 보잘것없어 보였고, 속삭이듯 졸졸 흐르는 물소리는 개구리 몇 마리나 간신히 유혹할 정도였으나, 잘 때도 한 눈만 감은 채로 나를 노리고 있었다. 수풀 아래 펼쳐진 비상 착륙장이라는 천국 속에서, 여기서 2,000킬로미터나 떨어진 곳에서. 기회만 오면 나를 솟구치는 불기둥으로 만들 기세로……

나는 자리를 뜨지 않고 싸움꾼 양 서른 마리를 기다렸다. 그것들은 언덕 비탈에 자리 잡은 채 달려들 태세였다.

"이 초원이 자유로울 거라 생각했겠지만, 절대 아니라네! 서른 마리 양들이 자네 비행기 바퀴 아래로 우르르 들어올 거야……"

나는 믿을 수 없는 그의 협박에 환하게 미소만 지으며 대답을 대신했다.

전등 아래에서 서서히 내 지도 위 스페인은 동화에 나오는 왕국이 되었다. 나는 지도에 피난처와 함정들을 X로 표시했다. 농장 주인 부부와 서른 마리의 양 떼, 개울도 표시했다. 지리학자들이 무심코 넘겼던 이 양치기 여자도 정확한 자리에 표시했다.

나는 기요메와 작별인사를 하며 뼛속까지 시린 겨울 저녁을 걷고 싶은 기분을 느꼈다. 외투 깃을 세우고 모르는 행인

사이를 걷는 나는 열정적인 젊음이었다. 나는 마음속에 비밀을 묻은 채 낯선 이들과 스쳐가는 것에 자긍심을 느꼈다. 이 야만인들은 나를 모르지만, 동틀 무렵이면 그들의 근심과 흥분이 담긴 우편물 행낭이 바로 나에게 맡겨질 터였다. 그들은 각자의 소망을 담은 소포들을 바로 내 손에 건넬 것이다. 나는 외투로 몸을 감싼 채 그들 사이에서 보호자처럼 발걸음을 내디뎠지만, 그들은 나의 배려를 전혀 모르고 있었다.

그들은 내가 밤으로부터 받은 메시지는 더더욱 알지 못했다. 그때, 아마도 슬슬 들이칠 준비를 하고 있던, 그래서 내 첫 비행을 심난하게 만들지도 모를 눈보라는 내 몸에만 영향을 주었기 때문이다. 별들이 하나씩 사그라들었지만, 그들이 어떻게 알 수 있겠는가? 나만 홀로 확실히 보고 있었다. 전투에 나가기 전 적의 위치에 대해 별들이 내게만 알려주고 있었다…….

그런데 나는 심각한 책임이 따르는 암호들을 크리스마스 선물들이 빛을 발하는 밝은 쇼윈도 근처에서 전달받고 있었다. 그날 밤 거기에는 이 땅의 모든 달콤한 행복들이 진열된 것 같았고, 나는 포기에서 오는 오만한 취기를 음미했다. 나는 위협받는 전사였다. 저녁 파티를 위해 준비된 번쩍거리는 크리스털, 전등갓과 책들이 내게 무슨 소용인가. 이미 나는 이슬비에 몸이 젖어 있었고, 야간 비행이라는 쓰디쓴 과육을 베어

문 비행 조종사였다.

　사람들이 나를 깨운 건 새벽 3시경이었다. 나는 덧창을 활짝 열고서 시내에 비가 내리는 걸 바라보면서 엄숙하게 제복을 입었다.

　30분 후, 나는 비가 내려 번들거리는 인도에서 작은 여행 가방에 걸터앉은 채로 나를 태우러 올 합승버스를 기다렸다. 나보다 앞서 수많은 동료들이 첫 비행일에 동일한 기대감, 심장이 죄어드는 듯한 느낌을 겪었으리라. 길모퉁이에서 불쑥 튀어나온 낡은 버스는 덜컹거리는 고철 소음을 퍼트렸다. 이번엔 내가 여느 동료들처럼 잠이 덜 깬 세관원과 몇몇 공무원 사이 좌석에 끼어 앉을 권리를 가졌다. 버스는 먼지 쌓인 관공서의 곰팡내가 났고, 한 남자의 인생을 진흙탕에 빠트린 오래된 사무실 같았다. 버스는 500미터마다 멈추면서 비서, 세관원, 조사원 들을 더 태웠다. 이미 잠이 들었던 승객들은 버스가 양껏 태운 새 승객들의 인사에 살짝 투덜거림으로 답한 뒤, 이내 다시 잠들었다. 툴루즈의 울퉁불퉁한 보도를 달리는 일종의 슬픈 짐수레였다. 항공 조종사는 공무원들과 뒤섞여 거의 구별되지 않았다……. 가로등이 열을 지어 나타났고, 비행장이 가까워졌으며, 흔들리는 낡은 버스는 회색 번데기보다 나을 게 없었다. 버스는 탈피된 인간을 뱉어냈다.

동료들은 각자 비슷한 아침시간을 보냈다. 역정을 내는 감독관에게 복종하는 자신이 초라한 하급직원이 된 듯한 기분을 느끼면서 앉아있다가, 돌연 스페인과 아프리카의 우편수송 책임자로 태어나고, 3시간 후 번개가 내리치는 속에서 산악마을 오스피탈레트 용을 마주할 사람으로 거듭나며, 4시간 후에는 용을 무찌르고 절대 권력을 지닌 완전한 해방 가운데 바다로 우회해서 귀환할지 앨코이산맥을 직접 가로지를지 결정을 내릴 것이며, 천둥과 산과 대양을 호령할 것이다.

그렇게 동료들은 각자 툴루즈의 우울한 겨울 속에서 낯선 무리 가운데 혼란을 느끼며 다들 비슷한 아침을 지내다가, 자기 안에 절대자가 자라는 걸 느꼈다. 5시간 후 그는 북쪽지방의 눈과 비를 뒤로 하고 겨울이라는 상황을 거부한 채 엔진 작동을 느리게 함으로써 알리칸테의 작열하는 태양 속으로, 한여름 속으로 하강을 시작할 것이다.

지금은 교체된 그 낡은 버스의 딱딱하고 불편했던 분위기가 생생히 기억난다. 그 버스는 우리의 일이 고단한 기쁨을 누리기 위해 필수적으로 거쳐야 하는 준비를 상징했다. 모든 것이 눈에 띄게 검소했다. 그로부터 3년 후 그 버스에서 조종사 레크리뱅의 죽음에 대해 단 열 마디도 주고받지 않았던 걸 기억한다. 그는 안개 속에서 하루 밤낮을 보내다가 영원히 물러난 우리 항로의 백 명의 동료 중 하나였다.

그 소식을 들은 건 언제나처럼 침묵이 내려앉은 새벽 3시경이었다. 어두컴컴한 사위 속에서 실루엣만 보이는 팀장이 감독관을 향해 목소리를 높여 묻는 소리가 들렸다.

"레크리뱅이 오늘밤 카사블랑카에 착륙하지 않았습니다."

"아!"

감독관이 대답했다. 아?

곤한 잠을 빼앗긴 감독관은 잠을 깨고 성의를 보여주기 위해 애를 쓰며 덧붙였다.

"아! 그래요? 그가 임무를 성공하지 못했습니까? 그래서 돌아온다고 합니까?"

버스 구석자리에서 짤막한 대답이 돌아왔다.

"아니오."

우리는 다음 말을 기다렸으나 아무 말도 돌아오지 않았다. 몇 초가 흐르자 "아니오" 다음에 다른 말이 붙지 않으리라는 것, "아니오"는 최종적인 대답이며 레크리뱅은 카사블랑카에 착륙하지 못했을 뿐 아니라 세상 어디에도 착륙하지 못하리라는 것이 무엇보다 자명했다.

그날 아침 나는 우편기 첫 비행에 나선 새벽에 나의 직업에 따라오는 신성한 의식들을 거쳤다. 그런데 창유리 너머 가로등이 비추던 반짝거리는 도로를 쳐다보며 자신감을 잃고 말았다. 도로의 물웅덩이 위에 바람의 기미가 관찰되었다.

'첫 비행인데…… 정말…… 운도 없구나.'

나는 감독관을 올려다보며 물었다.

"기상이 악화되었습니까?"

감독관은 지친 시선으로 창유리를 바라보았다.

"그건 아무 영향도 없네."

그는 투덜거리듯 말했다. 나는 어떤 신호들이 나쁜 날씨를 의미하는지 속으로 생각했다. 기요메가 전날 저녁 단 한 번의 미소로 선배들이 우리를 겁주었던 모든 불길한 징조를 지워주었으나, 다시금 그것들이 기억 속에 떠올랐다.

'항로를 샅샅이 알지 못한 상황에서 눈보라를 만난다면 아! 딱하군……. 아! 그래! 진짜 딱하구먼!'

선배들은 위신을 차릴 필요를 느꼈는지, 거북한 동정 어린 표정으로 우리를 쳐다보며 고개를 끄덕였다. 마치 우리 안의 천진한 순수함이 딱하다는 듯이.

실제로 우리 중 얼마나 많은 이들에게 이 버스가 마지막 피난처가 되었을까? 60명? 80명? 비 내리는 어느 아침, 예의 그 과묵한 기사가 운전하는 버스에 실린 채로, 나는 주변을 둘러보았다. 어둠 속에서 붉은 점들이 빛났다. 담뱃불들이 명상 시간의 점을 찍고 있었다. 그것은 나이 든 직원들의 소박한 명상

의식이었다. 우리 동료 몇 사람에게 이 동반자들이 마지막 행렬을 같이 해주었을까?

나는 사람들이 나직이 주고받는 속내를 듣고 놀랐다. 그들의 이야기란 질병, 돈, 가정의 슬픈 고민거리들이었다. 그것들은 감옥의 빛바랜 벽들을 칠했고 이들은 그 안에 감금되어 있었다. 그런데 불현듯 운명의 얼굴이 내게 보였다.

여기 있는 나이 든 공무원, 나의 동료여, 당신은 일말의 책임도 없다. 어떤 것도 당신의 탈출을 돕지 않았다. 당신은 그저 흰개미들이 하듯 모든 빛이 들어오는 통로를 콘크리트로 메워버리고 평화를 축조했다. 당신은 소시민의 안전함, 루틴들, 시골생활의 숨 막힐 듯한 의식 안에 공처럼 몸을 웅크린 채, 바람과 진흙과 별들에 맞서 이 소박한 성벽을 올렸을 것이다. 당신은 거대한 문제에 대해 고민하기를 원치 않는다. 이미 인간의 조건조차 잊을 정도로 허다한 어려움을 겪었기에. 당신은 방랑자 별의 주민이 아니며, 대답 없는 질문들을 묻지 않는다. 당신은 툴루즈의 소시민인 것이다. 아직 시간이 있었을 때도 누구도 당신의 어깨를 잡아 주지 않았다. 당신을 빚은 점토는 이제 마르고 딱딱하게 굳어서, 어떤 것도 당신 안에 잠들어 있을 음악가나 시인이나 천문학자를 깨울 수 없을 것이다.

나는 이제 폭풍우에 대해 불평하지 않는다. 비행사라는 직업은 마법처럼 내게 한 세계를 열어 보인다. 그 세계에서 2시간 후에 나는 검은 용들과 푸른 번갯불을 왕관처럼 쓴 산들에 맞설 것이며, 밤이 오면 폭풍우에서 해방되어 별들 가운데에서 나의 길을 읽어낼 것이다.

그렇게 직업에 입문하는 영세식을 마치면 우리는 여행을 시작했다. 대부분의 여행은 사고 없이 지나갔다. 우리는 전문 잠수부처럼 우리 영역의 심해로 평화롭게 하강했다.

오늘날 우리는 그 항로를 속속들이 알고 있다. 이제 조종사와 정비공, 무선기사는 모험을 시도하지 않고 실험실 안에만 있다. 그들은 계기판 바늘들이 움직이는 대로 따를 뿐 눈앞에 펼쳐진 풍경에는 관심이 없다. 창밖으로 보이는 암흑에 잠긴 산들은 더 이상 그저 산이 아니다. 그것들은 보이지 않는 힘이며 계산해서 대비해야 할 대상일 뿐이다. 산의 위치가 예상과 다르거나, 왼편으로 돌아가려 했던 산 정상이 전쟁 때처럼 조용하고 비밀스럽게 바로 정면에 펼쳐진다면, 램프 아래에서 무선기사는 신중하게 숫자를 기입하고, 정비공은 지도에 점을 찍어 표시하며, 조종사는 진로를 바꾼다. 그리고 지상에서 밤을 새며 근무하는 무선기사들, 그들은 같은 시각 각자 노트에 신중하게 동료들이 불러주는 그대로 입력한다.

"0시 40분. 항로 230도. 기내 이상 없음."

이런 식으로 비행기는 항해한다. 움직임이 거의 느껴지지 않는다. 바다에서 맞이하는 밤처럼 모든 지표로부터 동떨어진 채. 그래도 엔진은 빛나는 비행기 몸체를 진동으로 가득 채워 그 본질을 바꾸어 놓는다. 시간이 흐른다. 비행기 계기판과 무전기 램프 안, 계기판 바늘에서 보이지 않는 연금술이 진행된다. 시시각각 이 비밀스러운 몸짓, 낮은 음성의 단어들, 고도의 집중력이 모여 기적을 준비한다. 그 시각이 되면 조종사는 창유리에 이마를 갖다 댄다. 무(無)로부터 금이 태어난 것이다. 기항지의 불빛이 금처럼 반짝거린다.

그러나 우리는 그런 비행들을 잘 알고 있었다. 기항지로부터 2시간쯤 떨어졌을 뿐인데도 불빛을 발견하면 갑자기 아주 멀리 떠나 왔다고 느끼는 것이다. 그럴 땐 인도에서도 느끼지 못할 거리감을 느끼고, 돌아갈 희망을 품지 못하게 된다.

메르모즈가 처음으로 수상기를 타고 남대서양을 횡단했을 때 그는 해가 떨어질 무렵 포토누아르 지방에 도달했다. 바로 눈앞에서 토네이도의 꼬리들이 시시각각 마치 벽을 세우듯이 그를 에워싸고 몰아치는 게 보이더니, 준비하고 있던 밤이 그들 위로 내려앉으며 모든 것을 가려 버렸다. 1시간 후 그가 구름 속을 뚫고 내려갔을 때 환상적인 왕국이 펼쳐졌다.

겹겹이 싸인 회오리 물기둥이 벽을 이루고 있었다. 사원을 떠받치는 검은 기둥들처럼 미동이 없는 것 같았다. 한껏 부푼 물기둥이 태풍의 낮고 어두운 천장을 지탱하는 중에 천장 틈새로 빛줄기들이 내려왔다. 만월이 빛나며 물기둥 사이로 바다의 차가운 표면을 비췄다. 메르모즈는 아무도 없는 폐허를 따라 경로 그대로 비행했다. 빛의 운하들을 이리저리 통과하고, 높이 넘실거리는 바다에서 포효하는 거대한 물기둥들을 피하면서 달빛이 흐르는 항로를 4시간이나 비행한 후 사원의 출구로 나왔다. 그 광경이 너무도 압도적이라, 메르모즈는 포토누아르를 통과한 후에야 자신이 미처 두려워할 겨를도 없었다는 걸 깨달았다.

내가 현실 세계의 경계를 뛰어넘었던 시간도 떠오른다. 그날 밤 사하라 사막 기항지에서 온 무선방위 위치 측정이 하나도 맞지 않아서, 무선기사 네리와 나는 그야말로 심각하게 빗나가고 말았다. 안개 틈으로 빛나는 물을 발견하고 갑자기 해안 방향으로 경로를 틀었을 때, 나는 우리가 먼 바다 쪽으로 얼마나 오랫동안 들어갔는지 알지 못했다.

해안에 이를 수 있을지도 확신하지 못했다. 연료가 바닥을 드러내고 있었던 것이다. 해안에 다가가더라도 착륙할 장소부터 찾아야 했다. 달도 잠든 시각이었다. 이미 아무것도 들리지 않았던 우리는 각도 정보가 없어서 시야도 점점 흐려지고 있었다. 눈의 벌판 같이 보이는 안개 속에서 달은 창백한 숯덩이처럼 빛을 잃어가기 시작했다. 머리 위로 보이는 하늘도 구름이 뒤덮고 있었다. 우리는 구름과 안개 사이, 빛과 물질이 전부 결핍된 세계 속을 항해하고 있었다.

우리에게 응답한 기항지들은 우리 위치를 알려주는 걸 포기한 듯 "위치 파악 불가. 파악 불가"를 반복했다. 우리 목소리가 사방에서 들려왔으므로 그들은 우리가 어디 있는지 알 수 없었던 것이다.

그런데 우리가 이미 절망에 잠겨 있을 때 갑자기 전방 좌측 지평선 위로 환한 점 하나가 나타났다. 나는 격렬한 기쁨에 휩싸였다. 네리는 내 쪽으로 몸을 기울였는데 그의 노랫소리가 내 귓가에 들렸다! 필시 기항지일 것이다. 기항지의 전조등이리라. 그도 그럴 것이 밤의 사하라 사막은 모든 불빛이 점멸해 거대한 죽음의 영토를 형성하기 때문이다. 그런데 그 빛이 가물거리더니 꺼졌다. 안개층과 구름 사이 지평선에서 잠깐 몇 분간 반짝이던 별이 사라지기 전 우리 눈에 보였고, 우리는 그 별의 방향으로 경로를 틀었던 것이다.

그때 눈앞에 다른 불빛들이 반짝이는 게 보였다. 우리는 막연한 희망을 품고 그 빛들 하나하나가 있는 방향으로 나아갔다. 그 불빛이 꼬리를 길게 늘이고 있을 때 우리는 살기 위한 실험을 시도했다.

"불빛이 보인다. 전조등을 3회 점멸 바람."

네리가 시스네로스 기항지에 명령을 내렸다. 시스네로스 기항지는 전조등을 껐다가 다시 켰다. 그러나 우리가 보는 불빛은 계속 유지되었고 점멸하지 않았다. 꺼지지 않는 그것은 별이었던 것이다.

연료가 바닥나고 있음에도 우린 매번 황금빛 유혹에 걸려들었다. 그것은 우리 눈에 진짜 전조등 불빛이었다가, 기항지였다가, 생명이 되었다. 그러나 결국엔 다시 별을 바꿔야 했다.

우리는 별들 사이 공간에서 길을 잃었다는 걸 깨달았다. 닿을 수 없는 1백 개의 별 사이에서 길을 잃은 채, 유일하게 진짜이며 우리 것인 별을 찾아서, 익숙한 풍경과 친구들의 집, 우리의 애정을 담은 그 별을 찾아서 헤매는 기분을 느꼈다.

유일하게 그걸 담고 있던 별에 대해…… 내 앞에 나타난 그 이미지를 당신에게 이야기해 주겠다. 유치하다 여길지도 모르겠다. 하지만 위험한 상황에서도 인간이라는 조건은 변하지 않는다. 나는 목이 말랐고 배가 고팠다. 우리가 시스네로스를 발견한다면 일단 연료를 가득 채운 다음 비행을 계속했을 것이고, 새벽 여명의 신선한 공기 속에서 카사블랑카에 닿았을 것이다. 업무 종료! 네리와 나는 시내로 나갈 것이다. 그리고 새벽부터 문을 연 작은 술집을 발견하고……우리는 안전한 기분을 누리며 테이블에 자리를 잡고 따뜻한 크루아상과 카페오레를 앞에 두고 간밤을 떠올리며 웃음을 터트리겠지. 네리와 나는 생명이라는 아침의 선물을 받을 것이다. 시골 노파가 성화(聖畵)와 순박한 메달, 묵주를 통해서 자신의 신과 만나듯, 우리도 생명이 가장 소박한 언어로 말해줄 때 이해한다. 나에게 있어 살아 있다는 기쁨은 우유와 커피, 밀이 뒤섞인 향긋하고 따끈한 음료 첫 모금으로 압축된다. 그로부터 고요한 방목장, 이국적인 농장들과 수확물들과 연대감을 나누고, 결국 전 지구와 연대감을 나눈다. 수많은 별 가운데, 우리 손이 닿는 곳에 새벽의 식사가 담긴 향긋한 그릇을 내주는 곳은 지구밖에 없었다.

하지만 우리의 비행기와 사람들이 사는 땅 사이에는 어마어마한 거리가 겹겹이 쌓여 있었다. 세상의 모든 풍요로움이 별들 가운데 길을 잃은 먼지 알갱이 하나에 들어 있었다. 천문학자 네리는 그 알갱이를 찾아내려고 안간힘을 쓰며 별들에게 애원했다.

네리가 갑자기 내 어깨를 주먹으로 살짝 쳤다. 그가 불쑥 내미는 종이쪽지를 나는 읽었다.

"이제 됐어. 방금 굉장한 메시지를 받았어……."

나는 두근거리는 마음으로 우리를 구원할 대여섯 마디를 그가 마저 써 주길 기다렸다. 결국에는 하늘의 선물이 도착한 것이다.

전날 저녁 떠나온 카사블랑카에서 온 메시지였다. 그것은 전송이 지연되었다가 돌연 2,000킬로미터나 떨어진 구름과 안개 사이 바다를 헤매던 우리에게 도달했다. 카사블랑카 공항의 당국 담당자가 보냈다. 나는 메시지를 읽었다.

"생텍쥐페리 씨, 귀하에 대해 파리 본사에 징계 처분을 요청했습니다. 카사블랑카를 출발할 때 격납고에 너무 근접하여 경로를 틀었습니다."

내가 격납고에 바짝 붙어서 경로를 튼 것은 사실이었다. 이 남자가 화를 내면서 자기 일을 처리한 것 또한 사실이었다. 내가 지금 공항 사무실에 있었다면 겸손하게 그 비난을 감수했으리라. 하지만 그 비난은 전혀 뜻밖의 곳에서 우리에게 도달했다. 그것은 이 듬성듬성한 별들과 두꺼운 안개층, 바다의 위협하는 듯한 기세 사이에 전혀 어울리지 않았다. 우리는 우리의 운명과 우편물의 운명, 우리 비행기의 운명을 제대로 장악하여 살아남기 위해 온갖 고생을 하고 있는데, 이 사람은 사소한 앙심을 우리에게 내뿜고 있었다.

하지만 화를 내는 이로부터 멀리 떨어져 있다는 사실에 네리와 나는 느닷없이 엄청난 쾌감을 느꼈다. 이곳에서는 우리가 주인이다. 그가 우리에게 그 사실을 알려주었다. 그 하사는 우리 소매를 보고 우리가 대위로 진급했다는 걸 몰랐단 말인가? 그는 우리의 몽상을 방해하고 있었다. 우리가 큰곰자리에서 사수자리로 진중하게 100걸음을 옮기고 있던 순간, 고민거리라고는 달의 배신뿐이라 그로 인해 우리가 불안할 수밖에 없던 그 순간에 말이다…….

이 남자가 즉각 이행했어야 할 유일한 의무는 우리가 별들 사이 어느 지점에 위치하고 있는지 정확한 수치를 제공하는 것이었다. 그런데 그 수치는 틀렸다. 그 밖의 것에 관해서는 일단 입을 다물고 있어야 했다. 네리가 쪽지를 내밀었다.

"그들은 바보 같은 짓을 그만두고 우리를 어디로든 데려가려고 노력해야 맞지 않나……."

네리가 말한 '그들'이란 세상 모든 사람, 국회의원들, 해군과 육군, 황제들을 아우르는 말이다. 우리와 한판 붙겠다는 이 몰상식한 사람의 메시지를 다시 읽으면서 우리는 수성 쪽으로 경로를 틀었다.

우리는 기이하기 짝이 없는 우연에 의해 구조되었다. 시스네로스에 도달할 거라는 희망을 버리고 90도로 해안 방향으로 경로를 틀면서 연료가 다 떨어질 때까지 이를 유지하기로 결단해야 하는 순간이 왔다. 바다에 빠지지 않을 가능성을 그런 식으로 남겨두려고 했다. 그런데 불행하게도, 진짜인 듯 우리를 속였던 전조등이 나를 어디로 이끌었는지는 신만 알고 있었다. 잘해봤자 짙은 안개가 우리를 깊은 밤 속으로 밀어넣을 텐데 사고 없이 지면에 착륙할 가능성은 거의 없다고 봐야

했다. 그렇지만 나는 선택지가 없었다.

상황이 불 보듯 뻔해서 나는 우울하게 어깨만 으쓱했다. 네리가 통신 메시지를 내민 건 그때였다. 1시간만 일찍 왔더라면 우리를 구조해 주었을 내용이었다.

"시스네로스에서 우리 위치를 측정하기로 결정. 시스네로스 추정에 따르면 216……."

시스네로스는 이제 암흑 속에 묻혀 있지 않았다. 우리 왼편에 뚜렷하게 모습을 드러낸 것이다. 그렇다, 하지만 거리가 얼마나 떨어져 있지? 네리와 나는 짧게 대화를 주고받았다. 너무 늦었어. 둘 다 의견이 같았다. 우리가 시스네로스로 향할 경우 해안에 착륙할 기회를 잃을 위험이 있었다. 네리가 대답했다.

"지금 연료로는 1시간밖에 못 버티니 기수를 93도로 유지하겠다."

그런데 그러는 동안 기항지들이 하나둘 잠에서 깨어났다. 우리의 대화에 아가디르, 카사블랑카, 다카르에서 온 무전이 섞여들었다. 각 도시의 무전국들이 공항에 경보를 보낸 것이다. 공항 관리자들은 동료들에게 경보를 보냈다. 그들은 환자의 병상에 모여들 듯 서서히 우리 주변으로 모여들고 있었다. 불필요한 열의라도 어쨌든 그들은 열심을 보였다. 헛된 조언이라도 얼마나 따뜻하던지!

그때 갑자기 툴루즈가, 항로의 시발점인 툴루즈가 등장했다. 4,000킬로미터 밖에 있는 곳이었다. 툴루즈는 단번에 우리 가운데 자리를 잡고, 대뜸 무선을 보냈다.

"현재 몰고 있는 비행기가 F······(등록번호는 기억이 안 난다) 기인가?"

"그렇다."

"그렇다면 아직 2시간 버틸 연료가 있다. 그 비행기의 연료 탱크는 표준 탱크가 아님. 시스네로스로 기수를 돌리시오."

이렇듯 직업상의 긴급 상황은 세계를 변화시키고 풍성하게 한다. 조종사가 익숙한 장관들에서 새로운 의미를 발견하기 위해 굳이 그날 같은 밤이 재현될 필요는 없다. 승객은 피로를 느끼는 단조로운 풍경도 조종사에겐 다른 의미가 된다. 지평선을 가로막은 거대한 구름층이 승무원에겐 그저 장식으로 보이지 않는다. 구름은 그의 몸을 긴장시키며 마음에는 문젯거리들을 일으킬 것이므로. 그는 이미 그 점을 고려하고 그 여파를 헤아린다. 말 그대로, 그와 구름은 연결되어 있다. 저 앞에 산봉우리가 보이는데, 아직 좀 멀군. 야간비행으로 1시간 이상은 더 가야 하는 거리야. 그것은 어떤 모습을 드러낼까? 달빛 아래에 있다면 산봉우리는 편리한 지표가 된다. 그러나 만일 조종사가 이를 보지 못한 채 비행한다면, 편류를 어렵사리 수정해서 현재 위치를 잘 모른다면, 그 봉우리는 폭발물로 돌변해 밤 내내 위협을 가할 것이다. 기뢰 하나가 물을 따라 떠다녀서 바다 전체를 망가뜨리는 것과 마찬가지다.

대양도 다양하게 모습을 바꾼다. 단순한 여행객에게 폭풍은 몸을 숨긴다. 아주 높은 곳에서 관측하면 물결은 거의 출렁이지 않고 물보라도 치지 않는 것처럼 보인다. 그저 거대한 흰 종려나무가 일종의 냉해를 입어서 잎맥과 얼룩이 서리로 뒤덮인 듯이 보일 뿐이다. 그러나 승무원은 거기에 착륙하는 시도는 어떤 것이든 피해야 한다는 판단을 한다. 그에게 종려나무들은 독성이 있는 커다란 꽃들이나 마찬가지다.

그런데 비행이 평온한 시간에도 항로 어딘가를 운행 중인 조종사는 단순하게 장관을 감상하지 못한다. 땅과 하늘의 빛깔, 바다 위에 이는 바람의 흔적, 석양이 내려앉은 구름을 보면서도 그는 감탄하지 못하고 곰곰이 생각에 잠긴다. 농부가 자기 구역을 한 바퀴 돌고서 허다한 신호에서 봄의 도래와 냉해 위협, 비가 내릴 조짐을 예측하는 것과 마찬가지로, 비행기 조종사 역시 눈의 신호, 안개의 신호, 무탈히 지나간 밤의 신호들을 해독한다. 기계는 처음엔 그를 자연의 거대한 문제들로부터 분리해 주는 듯 보였으나 결국 자연에 더욱 엄격히 복종시킨다. 폭풍우 치는 하늘이 조성한 광대한 심판 한가운데에서 조종사는 산과 바다와 뇌우, 이 세 개의 기본 신과 겨루며 우편물을 나른다.

· 2 ·

동료들

· **1** ·

      메르모즈와 동료 몇몇은 사하라의 비정복 지역을 통과해서 카사블랑카에서 다카르로 가는 프랑스 항공노선을 만들었다. 당시에는 엔진 내구성이 떨어져 비행기가 불시착했고, 메르모즈는 무어인들에게 붙잡혔다. 그를 죽일지 살릴지 주저하던 무어인들은 2주간 그를 포로로 억류했다가 몸값을 받고 넘겨주었다. 그렇게 해서 메르모즈는 동일 지역에서 다시 우편항공기를 몰게 되었다.

언제나 앞장서서 비행하던 메르모즈는 아메리카 노선이 개항했을 때 부에노스아이레스에서 산티아고에 이르는 구간을 검토하고, 사하라와 안데스산맥 사이에 다리를 놓는 책임자가 되었다. 그는 고도 5,200미터까지 상승 가능한 비행기를 맡았다. 안데스산맥 봉우리는 7,000미터 높이로 솟아 있었다. 그래서 메르모즈는 협로를 찾기 위해 이륙했다. 그는 사막을 통과해 산과 마주했다. 바람이 불 때면 산봉우리에 눈보라가 스카프처럼 휘날렸고, 천둥이 치기 전 사위가 희미해졌으며, 두 개의 바위절벽 사이로 휘몰아치는 돌풍 때문에 조종사들은 힘겨운 싸움을 해야 했다. 메르모즈는 적에 대해 전혀 모르고 그러한 압박에서 살아남을 수 있을지 알지 못한 채 전투에 참여했다. 그는 다른 이들을 위해 '시도'한 것이다.

언젠가는 그렇게 '시도'한 나머지, 안데스산맥에 포로로 억류되기도 했다.

고도 4,000미터의 수직으로 깎아지른 듯한 절벽이 있는 고원에 추락했을 때 그와 기계공은 이틀 동안 그곳을 탈출하려고 안간힘을 썼다. 그러나 그들은 거기에 갇혀 버렸다. 그들은 마지막 운을 걸고 허공을 향해 비행했다. 울퉁불퉁한 지면에 계속 마찰을 일으키던 비행기는 절벽에 이르러 추락했다. 그런데 비행기가 추락하면서 다시 조종이 가능할 정도로 가속도가 붙었다. 메르모즈는 산봉우리로 기수를 돌렸다. 비행기가 산봉우리에 스치면서 밤사이 얼어 버린 모든 배관에서 물이 터져 나왔고, 7분간의 비행을 끝으로 엔진이 멈추고 말았다. 그 순간 그는 비행기 아래에 약속의 땅처럼 펼쳐진 칠레초원을 발견했다.

다음 날 그는 다시 시작했다.

안데스산맥을 탐험해 일단 그곳을 횡단하는 기술이 생기자, 메르모즈는 동료 기요메에게 이 구간을 위임한 후 자신은 야간 탐험을 나갔다.

기항지에 조명 시설이 생기기 전이었다. 깜깜한 밤이면 희미한 석유등 세 개가 메르모즈 앞을 가까스로 밝혀 주었다.

그는 이를 극복하고 항로를 열었다.

밤이 어느 정도 눈에 익자 메르모즈는 대양으로 시험 비행을 했다. 1931년부터 우편기는 툴루즈에서 부에노스아이레스를 나흘 만에 주파했다. 돌아올 때 메르모즈는 남대서양 한복판 풍랑이 심한 바다에서 연료 부족을 겪었다. 한 선박이 그와 우편기와 승무원을 구조했다.

그렇게 그는 사막과 산, 밤과 바다를 개척해 나갔다. 사막과 산, 밤과 바다에 추락한 게 한두 번이 아니었다. 그때마다 그는 안전하게 귀환했는데, 그것은 다시 떠나기 위해서였다.

결국 12년간의 근무 끝에 남대서양 상공을 한 번 더 비행하던 중, 그는 선미의 우측 엔진을 끈다는 짧은 메시지를 전했다. 그리고 나서 응답이 없었다.

그 소식을 듣고도 사람들은 별로 우려하지 않았다. 그런데 침묵이 10분을 넘기자 파리에서 부에노스아이레스에 이르는 무전국 일대가 걱정하며 밤을 새우기 시작했다. 10분의 응답 지연은 매일의 일상에서는 무의미할지라도 우편 비행에서는 심각한 의미였다. 이 죽음의 시간을 지나는 가운데 아직 알려지지 않은 사건이 숨어 있었다. 무의미한 것이든 불행한 것이든 이미 일어났다. 운명은 그의 판결을 선고했으며 거기에 항의하여 상소할 기회는 이제 없었다. 강철로 된 손이 조종사 메르모즈를 무사히 바다에 착수시켰거나 아니면 폭발시켰으리라. 하지만 어떤 판결인지는 기다리는 이들에게 전달되지 않았다.

우리 중 점점 덧없어지는 이러한 희망, 불치병에 걸린 환자처럼 시시각각 악화되는 이러한 침묵을 안 겪어본 사람이 어디 있을까? 우리는 간절히 바랐다. 시간이 흐르면서 점차 희망도 늦춰졌다. 우리는 이제 납득해야 했다. 동료들이 귀환하지 않을 것이며, 그들이 그렇게 성실히 비행했던 남대서양 이딘가에서 안식에 들어갔다는 것을. 메르모즈는 단호하게 자신이 이룬 성취 뒤로 숨어 버렸다. 밭에서 곡식을 수확해 볏단으로 묶어둔 후 잠을 청한 농부처럼.

동료가 이런 식으로 죽으면, 그의 죽음이 직업상 부득이한 일로 여겨져 처음엔 다른 죽음보다 덜 슬플지도 모른다. 분명 그는 마지막 근무지 이동으로 인해 멀리 있었다. 하지만 그의 존재가 사라진 사실에 대해 우리는 생계수단을 박탈당했을 때만큼 절박한 안타까움을 느끼지는 않는다.

사실 우리는 오랫동안 그러한 만남을 학수고대하는 버릇이 있다. 동료 조종사들은 파리에서 칠레 산티아고까지 전 세계에 흩어져 있어, 말할 기회가 거의 없는 보초병처럼 고립되어 있기 때문이다. 동일한 직업군에서 따로 떨어져 흩어져 있는 구성원들이 서로 만나려면 비행 여정이 겹치는 우연이 필요하다. 카사블랑카, 다카르, 부에노스아이레스에서 저녁 테이블에 둘러앉은 우리는 몇 년 동안 침묵으로 중단되었던 대화를 재개하고, 오랜 추억으로 하나가 된다. 그러고 나면 다시 떠난다. 대지는 황량한 동시에 풍요롭다. 숨어 있어 쉬이 닿을 수 없는 풍요로운 비밀 정원들. 조종사라는 직업상 우리는 언젠가는 그곳에 다다른다. 삶은 우리를 동료로부터 떼어놓아 서로 생각하지 못하도록 방해하지만, 그들은 어딘가에 존재한다. 그곳이 어디인지는 알 수 없으나, 그들은 잊힌 채로 잠잠히 그러면서도 무척 충실히 살아가고 있다! 우리가 그들의 항로에서 서로 마주친다면 동료들은 우리 어깨를 잡고 흔들며 환한 기쁨을 드러낼 것이다! 그렇다, 우리는 기다림에 익숙하긴

하다…….

하지만 우리는 동료들의 청량한 웃음소리를 들을 날이 오지 않으리라는 걸 서서히 깨달으리라. 그 비밀 정원이 우리에게 영원히 금지되어 있다는 것도. 그로부터 우리의 진심 어린 애도, 가슴이 찢길 정도는 아니지만 씁쓸한 우리의 진짜 애도가 시작된다.

세상 그 무엇도 잃어버린 동료를 대체할 수 없다. 오랜 동료는 만들어지는 것이 아니다. 함께한 무수한 추억, 같이 돌파한 수많은 험난한 시간들, 그 많은 불화와 화해, 그리고 마음을 나눈 순간들만큼 가치 있는 보물도 없다. 이런 우정은 다시 만들어낼 수 없다. 떡갈나무를 심고서 곧바로 그 잎 아래 몸을 피할 수 있으리라 기대하는 건 헛된 일이다.

그렇게 인생은 흘러간다. 우리는 처음에 배양에 신경 쓰며 몇 년간 식물을 심는다. 그러다가 시간이 이를 망치고 나무가 사라지는 세월이 온다. 동료들은 하나둘 우리로부터 자기 그림자를 가져간다. 그리고 그때부터 우리의 애도에는 '이렇게 늙는구나' 하는 비밀스러운 회한이 섞이게 된다.

메르모즈와 다른 동료들이 우리에게 가르쳐 준 교훈은 바로 이것이다. 직업의 위대함은 무엇보다도 사람들을 한데 묶어준다는 점이다. 그것이 진정하고 유일한 호사, 즉 인간관계가 주는 호화로움이다.

우리는 물질적 부만 추구하며 일함으로써 자신을 위한 감옥을 세운다. 그리고 한줌 재로 사라질 재물, 삶의 가치는 조금도 더하지 못하는 재물을 쥔 채 고독 속에 유폐된다.

만일 기억 속에 오래도록 남은 이들을 찾아보고, 내가 살아온 시간을 결산해 본다면 분명 어떤 부도 주지 못한 것을 발견할 수 있을 것이다. 메르모즈와의 우정은 돈으로 살 수 없다. 함께 겪은 고난을 통해 영원히 이어진 동료도 마찬가지다.

야간 비행, 밤하늘에 빛나던 헤아릴 수 없는 별들, 그 평화로움, 몇 시간을 지속되던 절대적 힘, 그것은 돈으로 살 수 없다.

힘겨운 비행 구간을 지나 발견한 새로운 세계의 면모. 새벽녘 우리에게 주어진 생기로 상큼하게 물든 나무와 꽃, 여인, 미소. 우리에게 상으로 주어진 소박한 것들의 합주, 그것들을 돈으로 살 수 없다.

정복되지 않은 종족의 땅에서 보냈던 그 밤도 그렇다. 그때의 기억을 나는 되뇐다.

우리 셋은 날이 저물 즈음 사하라의 리오데오로 언덕에 불시착한 아에로포스탈항공사의 승무원들이었다. 가장 먼저 동료 리귀엘이 부품 파열의 여파로 착륙했고, 또 다른 동료 부르가는 리귀엘의 승무원들을 태우려고 착륙했다가 경미한 고장으로 바닥에서 옴짝달싹하지 못했다. 마침내 내가 착륙했다. 이미 밤이 내린 뒤였다. 우리는 부르가의 비행기를 구하기로 결단하고 비행기 수리를 위해 날이 밝기를 기다렸다.

1년 전, 우리 동료 구르와 에라블은 바로 이 지점에서 비행기가 고장 나서 착륙했다가 반군에게 학살당했다. 우리는 그 당시 소총 300자루를 보유한 습격대가 보자도르 어딘가에서 야영하고 있다는 걸 알고 있었다. 세 번에 걸친 착륙은 멀리서도 눈에 띄어, 그들은 이를 위험한 경고로 받아들였을 것이다. 우리는 마지막이 될지 모를 그날 밤을 뜬눈으로 지새우기 시작했다.

우리는 그날 밤을 보내려고 자리를 잡았다. 화물칸에서 궤짝 대여섯 개를 내려 안을 비운 다음 가장자리에 둥글게 늘어놓았다. 그러고는 각각의 궤짝 안에 불을 붙인 초를 넣어두었는데 그것들은 바람에 꺼질 듯 위태롭게 흔들렸다. 마치 태초의 고립 가운데 헐벗은 지구 표면 위 사막 한가운데에서, 우리는 그렇게 사람이 지낼 마을을 만든 것이다.

우리는 그날 밤을 보내려고 마을의 널찍한 광장, 짐 사이로 진동하는 희미한 빛이 쏟아지던 모래사막에 모여 기다렸던 것이다. 우리를 구원할 새벽이 이르기를, 혹은 무어족이 오기를. 그날 밤 무엇 때문에 크리스마스 분위기가 났는지 모르겠다. 우리는 함께 추억을 이야기하고 농담을 주고받고 노래를 불렀다.

우리는 잘 준비된 파티가 한창일 때의 가벼운 열기를 음미하고 있었다. 우리는 극도로 궁금했다. 바람, 모래, 그리고 별이 전부였다. 엄격한 수행을 하는 트라피스트회 수도사에게나 어울리는 방식이었다. 어두운 색상의 식탁보를 깔고 앉은 추억 말고는 아무것도 없는 예닐곱 명의 남자들이 눈에 보이지 않는 풍요로움을 나누고 있었다.

우리는 결국 만났다. 각자의 고유한 침묵에 갇힌 채 의미 없는 단어들을 주고받으며 한동안 평행선을 이루며 걸은 끝에. 위험한 순간이 오면 우리는 서로 돕는다. 서로 같은 공동체에 속해 있음을 발견한다. 타인을 발견하며 우리는 더 넓어진다. 함박웃음을 띠고 서로를 응시한다. 우리는 바다의 거대함에 감탄을 내뱉는 해방된 포로들 같다.

· 2 ·

기요메, 나는 자네에 대해 몇 마디 하려 해. 그렇다고 자네의 용기나 직업적 가치를 점잔 빼며 찬양하는 식으로 거북하게 하지는 않을 거야. 자네의 멋진 모험을 들려줌으로써 내가 말하고 싶은 건 다른 것이니까.

그 장점은 뭐라 이름 붙이기 힘든 거야. 아마도 '엄격함'이라고 말할 수 있겠지만 그 단어도 충분히 만족스럽지는 않군. 왜냐하면 거기엔 명랑한 웃음이 동반되거든. 그것은 앞에 둔 목재를 동등하게 하나씩 만져보고 가늠하며, 그걸 가볍게 다루기보다 고유한 미덕을 닮으려는 목수의 자질이라고 할 수 있어.

예전에 기요메, 자네의 무용담을 찬양하는 이야기를 읽었다네. 자네에 관한 그 잘못된 이미지를 깨트리고 싶어. 사람들은 자네에게 '부랑아' 이미지를 덧씌웠지. 자네의 용기를 최악의 위험과 죽음의 시간 앞에서도 중학생들이 던지는 농담 정도로 치부하듯 말이지. 사람들은 자네를 제대로 알지 못했네, 기요메. 자네는 적을 마주하기 전부터 결코 우습게 여기는 일이 없었어. 끔찍한 폭풍우 앞에서도 이렇게 말할 뿐이었지.

"폭풍우가 심하군."

자넨 그냥 받아들이고 일어날 일을 가늠해 볼 뿐이었어.

기요메, 나는 여기에서 내 기억을 증언하듯 자네에게 들려주려고 해.

그 겨울, 자네가 안데스산맥을 횡단하던 도중에 50시간째 실종 상태라는 소식을 들었지. 나는 파타고니아 남단에서 돌아와서 멘도사에서 들레이와 합류했어. 우리 두 사람이 비행기를 몰고 꼬박 닷새를 산더미를 샅샅이 뒤졌지만 아무것도 발견하지 못했지. 비행기 두 대로 충분할 리가 없었어. 전투비행중대 100명이 100년간 수색한다 해도 7,000미터 높이의 능선을 포함한 거대한 지역을 샅샅이 뒤지는 건 불가능해 보였다네. 우리는 희망을 송두리째 뺏겼어. 단돈 5프랑을 위해 범죄를 저지르는 그 지역 밀수업자와 산적들도 우리에게 산세가 얼마나 험한지 설명하며 모험을 만류했어. 구조대는 "우리 생명을 담보로 할 수 없습니다"라고 말했어. 들레이와 내가 산티아고에 착륙했을 때 칠레 공무원들 역시 수색을 중단하라고 충고했지.

"겨울이오. 당신 동료가 추락 후에 살아남았더라도 밤을 무사히 넘길 수 없었을 거요. 저 위에 밤이 내리면 사람을 꽁꽁 얼려 버리거든."

다시 안데스산맥의 거대한 벽과 기둥 사이로 미끄러져 들어가는 동안 나는 자네를 찾기 위해서가 아니라 눈으로 만든 성당에서 잠잠히 있을 자네 시신을 지키러 가는 것만 같았다네.

결국 일주일째 되던 날, 두 구간 사이에 위치한 멘도사의 식당에서 내가 점심을 먹고 있을 때 어떤 남자가 문을 열고 들어오면서 소리쳤어. 아! 별일 아니라는 말투였지.

"기요메가…… 살아 있다는군!"

그러자 그곳에 있던 생면부지의 사람들이 다 얼싸안고 기뻐했어.

10분 후, 나는 기계공 르페브르와 아브리를 데리고 이륙했어. 40분 후 산라파엘 언덕 어딘가로 자네를 데려가는 차가 눈에 떠서 착륙했지. 정말 잊을 수 없는 재회였다네. 우리 모두 눈물을 흘리고 있었고, 팔로 자네를 으스러지듯 안았지. 자신만의 기적을 이룬 주인공, 부활하여 살아 돌아온 자네를 말이야. 그때 자네가 했던 말, 그러니까 알아들을 수 있는 첫 문장은 감탄할 정도로 오만한 남자의 말이었어.

"장담하건대 내가 한 일은 어떤 짐승도 하지 못했을 거야."

시간이 흐른 후 자네는 우리에게 사고 당시의 상황을 이야기해 주었네.

폭풍우로 48시간 동안 안데스 칠레 지역 비탈에 5미터 높이의 폭설이 쏟아졌고 모든 지역이 봉쇄된 탓에 팬에어 사의 미국인 조종사들은 이미 비행기를 돌려 돌아간 상태였다고. 그런데 자네는 하늘의 작은 틈새, 그러니까 남쪽 방향에서 덫을 발견해서 이륙했어. 이제 고도를 6,500미터로 유지해서 6,000미터에 펼쳐진 구름들을 내려다보면서 높은 봉우리들만 보이는 창공에서 자네는 아르헨티나로 기수를 돌렸던 거야.

하강기류는 조종사들에게 기이하게 불편한 감각을 주지. 엔진은 이상 없이 돌아가고 있는데 하강하거든. 조종사는 고도를 유지하려고 기수를 올리지. 그런데 비행기는 속도가 떨어지며 덜컹거리게 돼. 기체가 하강하기 때문이야. 조종사는 기수를 지나치게 올린 건가 두려워져서 고삐를 늦추게 되네. 트램펄린처럼 바람을 받아주기 좋은 봉우리에 의지해 보려고 좌우로 방향을 바꿔 보아도 기체는 계속 하강하기만 하지. 이제 온 하늘이 하강하는 것처럼 보이게 되네. 우리는 일종의 우주적 참변을 당했다고 느끼게 돼. 피할 곳이 없는 거야. 대기가 기둥처럼 지탱해 주는 단단하고 밀도 높은 지대로 합류하려고 비행기를 유턴하려 해보지만 헛수고야. 그것은 이제 기둥 역할을 못 하네. 모든 것이 분해되고, 서서히 올라와서 우리가 있는 높이까지 이르렀다가 우리를 삼켜버리는 구름 쪽으로 자네는 미끄러져 들어간다네.

자네는 이렇게 설명했지.

"자칫하다간 꼼짝없이 당할 상황이었어. 하지만 나는 여전히 그런 상황인지 확신하지 못했네. 안정적으로 보이는 구름 위에서 하강기류를 만난 건, 같은 고도에서는 구름이 무한히 다시 만들어지는 단순한 사실 때문이야. 높은 산 위에서는 모든 것이 기이하다네……."

세상에, 구름의 위력이라니!

"구름에 붙잡혀 나는 조종간을 놓아 버리고, 밖으로 튕겨나가지 않게 좌석에 매달렸지. 너무 맹렬히 요동을 치는 바람에 안전벨트가 어깨에 파고들어 상처를 내고 풀려 버릴 것만 같았어. 성에까지 껴서 계기판도 안 보였고, 6,000미터에서 3,500미터로 모자가 굴러떨어지듯 추락했어.

3,500미터 고도에서 지평선에 검은 덩어리가 흘낏 보였는데 그 덕분에 비행기가 다시 제자리를 찾았지. 연못이었네. '라구나 디아망트'라는 연못. 나는 그 연못이 분화구에 있다는 걸 알고 있었지. 산봉우리들 중에서 마이푸 화산의 고도가 6,900미터에 달하는 것도.

구름에서는 해방되었지만 빽빽한 눈보라 때문에 시야가 보이지 않아서, 분화구 옆구리에 으스러질 듯 부딪치지 않으려면 연못에 매달려야만 했어. 그래서 30미터 고도를 유지하며 연못 주변을 돌고 또 돌다가 결국 연료가 떨어졌네. 2시간의 사투 끝에 비행기는 눈밭에 곤두박질쳤어.

비행기에서 빠져나왔을 때 이번에는 폭풍이 나를 덮쳤네. 내가 간신히 일어서면, 폭풍이 다시 덮쳤지. 나는 기체 밑으로 미끄러져 눈 속에 구덩이를 파고 들어갔어. 그리고 우편 행낭들로 몸을 덮고 48시간 동안 기다렸다네.

그 후 폭풍이 잦아들자 다시 걷기 시작했네. 4박 5일을 걸었다네.”

하지만 자네에게 무엇이 남았지, 기요메? 자네는 무사히 발견되었지만, 이미 검게 타고 굳어진 데다 노인처럼 쪼그라들어 있었어! 그날 저녁, 내 비행기로 자네를 멘도사에 데려다주었는데 흰 시트가 향유처럼 자네 몸을 덮었지. 하지만 그걸로는 자네를 치유하기에 충분하지 않았어. 기진맥진한 몸으로 엎치락뒤치락하며 한숨도 잠들지 못하더군. 자네 몸은 암석과 눈더미를 똑똑히 기억하고 있었으니까. 그게 자네에게 상흔을 남겼네. 여기저기 짓이겨져 부어오른 과일 같은 검은 얼굴을 나는 바라보았네.

자네는 참혹한 몰골이었고, 자네의 일에서 아주 근사한 도구를 잃어버려 비참해 보였지. 손은 굽었고, 숨을 쉬려고 침대 가장자리에 일어나 앉았을 때, 자네의 언 발은 두 개의 죽은 진자처럼 흔들거렸어. 심지어 자네의 여행은 끝나지 않은 것 같았네. 숨을 헐떡였지. 자네가 안정을 취하려고 베개에 얼굴을 묻고 돌아누웠을 때, 미처 스스로 누르지 못한 이미지들이 흑막 속에서 초조한 듯 행진하며 자네 머릿속을 어지럽혔어. 그것들이 하나둘 펼쳐질 때마다, 자네는 잿더미로부터 부활한 적들과 맞선 그 전투를 스무 번은 다시 치렀지.

나는 탕약을 자네의 잔에 따라주었네.

"마시게, 친구!"

"내가 가장 놀랐던 건…… 자네도 알다시피……."

승리했지만 치명적인 한 방을 맞은 권투선수처럼, 자네는 기이한 그 사건을 다시 겪고 있었네. 그로부터 아주 조금씩 놓여나고 있었던 거야. 나는 밤에 자네의 이야기를 들으며 피켈도 로프도 없이, 식량도 없이, 4,500미터 높이를 등반하고 깎아지른 듯한 절벽을 따라 기어가다가 영하 40도의 추위에서 발과 무릎과 손에서 피를 흘리는 자네를 보았네. 서서히 피가 빠져나가고 기력과 이성이 쇠한 자네는 개미처럼 고집스럽게 앞으로 나아갔고, 장애물을 우회하려고 발길을 돌리기도 하고, 추락했다가 일어나기도 하고, 비탈을 올라갔으나 암흑만 발견하기도 하고, 결국 잠시도 쉴 수가 없었어. 그랬다가는 눈 침대에서 일어날 수 없을 테니까.

실제로 자네는 미끄러졌을 때 돌무덤으로 변하지 않으려고 재빨리 몸을 일으켰지. 추위가 시시각각 자네를 석화시키고 있었어. 추락한 후에 1분만 더 쉬려고 하다가는 몸을 일으키기 위해 죽은 근육을 마사지해야 했지.

자네는 유혹에 지지 않으려고 저항했다고 말했네.

"눈 속에서 사람은 대화하려는 본능을 모조리 잃어버린다네. 이틀, 사흘, 나흘을 걸으면 머릿속에 자고 싶다는 생각밖에 떠오르지 않아. 간절히 자고 싶었지. 하지만 속으로 생각했네. '아내는 내가 살아 있다고, 지금 내가 걷고 있다고 믿고 있겠지. 동료들도 내가 걸음을 멈추지 않을 거라 믿겠지. 그들은 전부 나를 믿고 있다. 그러니 걸음을 멈춘다면 나는 머저리다.'"

자네는 걸었고, 주머니칼로 매일 조금씩 신발의 움푹 팬 부분을 잘라냈어. 추위에 얼어서 부풀어 버린 발을 신발에 들어가도록 하려고.

자네는 내게 기이한 비밀을 들려주었네.

"이튿날부터 내가 할 가장 중요한 일은 생각을 멈추는 것이었네. 나는 고통스러웠고, 상황은 지극히 절망스러웠지. 계속 걸을 용기를 잃지 않으려면 그걸 생각하지 않아야 했어. 불행히도 나는 뇌에서 일어나는 과정을 억제할 수 없었네. 그것은 터빈처럼 계속 돌아갔지. 그래도 이미지들을 골라낼 수는 있었어. 나는 그것들을 영화나 책처럼 머릿속에서 진행시켰어. 그랬더니 내 안에서 전속력으로 필름이 재생되고 책장이 넘어가더니 현재의 내 상황으로 돌아오는 거야. 어김없이 말이야. 그러면 나는 또 다른 기억들로 뛰어들었고……."

그러나 자네는 일단 눈밭에 미끄러져 배를 깔고 눕게 되자 일어나기를 포기했어. 온 힘 다한 한 방에 열정이 꺼져버린 권투선수마냥, 기이한 우주 속에서 시시각각 초가 흐르면서 돌이킬 수 없는 '텐(10)'을 카운트하는 걸 들어야 했지.

"할 수 있는 걸 전부 했지만 내게 희망이라곤 없었네. 그럼에도 나는 왜 이 순교적 행위에 이토록 집착하는 걸까?"

세계로부터 평온을 얻기 위해서는 눈만 감으면 됐지. 암석과 얼음과 눈 따위를 지우려면 말이야. 황소처럼 우직하게 걸으며 생명이 하나의 살덩어리보다 무겁게 느껴질 땐, 가까스로 마법처럼 감은 눈꺼풀, 한 방, 추락, 근육의 파열, 타는 듯한 얼음, 지고 나갈 생명의 무게는 느껴지지 않았지. 이미 자네는 음미하고 있었어. 추위가 독이 되어, 흡사 모르핀을 맞은 것처럼 자네 몸이 추위라는 은총으로 채워지는 걸 말일세. 자네의 생명은 심장 근처에 은신하고 있었네. 부드럽고 귀중한 무언가가 마음 한가운데 웅크리고 있었던 거지. 자네의 의식은 서서히 신체로부터 먼 말단은 포기하고 있었고, 고통이 목까지 차오른 짐승처럼 대리석처럼 차가운 무관심을 드러냈네.

심지어 불안조차도 가라앉았네. 우리의 무선은 더는 자네에게 닿지 않았어. 아니, 더 정확히 말해서 자네에겐 꿈속의 무선이 되었다고 해야 할까. 자네는 꿈의 행진, 무리하지 않고도 가장 아름다운 모습을 내보인 초원으로 손쉽게 큰 걸음을 내디딤으로써 행복하게 답하고 있었네. 얼마나 편안하게 자네에게 그토록 다정하게 변한 세계 속으로 미끄러져 들어갔는지! 기요메, 자넨 인색한 수전노처럼 귀환이라는 선물을 우리에게 주지 않기로 결단했지.

자네의 의식 깊은 곳으로부터 회한이 밀려들었네. 갑작스럽게도 성가신 세부사항들이 꿈과 섞이고 있었어.

"나는 아내를 생각했다네. 보험연금이 있으니 그녀가 비참하게 살지는 않겠지. 그래, 그런데 보험은……."

실종 사건이 법적인 사망으로 인정받으려면 4년을 기다려야 한다. 이 세부사항이 떠오르자 번뜩 정신이 들며 다른 상념들이 사라졌지. 그런데 자네는 눈 쌓인 비탈에 배를 깔고 누워 있는 상태였어. 여름이 오면 자네의 몸은 안데스 산맥의 수천 개 크레바스 중 하나로 진창을 따라 흘러갈 테지. 자네는 그 사실을 알았어. 그리고 바로 50미터쯤 앞에 바위 하나가 튀어나와 있는 것도 알고 있었다네.

"나는 생각했지. '일어나면 저 바위에 닿을 수 있을 거야. 바위에 몸을 기댄 채로 버티면 사람들이 나를 찾을 수 있을지 모른다.'"

일단 일어나자 자네는 2박 3일을 쉬지 않고 걸었네.

하지만 더 멀리 갈 생각은 결코 하지 못했어.

"나는 수많은 신호에서 마지막임을 감지했네. 그중 하나를 알려줄까. 나는 2시간마다 멈출 수밖에 없었네. 신발을 벌려 부어오른 발을 눈으로 마사지해야 했고 아니면 그저 심장이 쉬도록 해야 했기 때문이야. 하지만 마지막 며칠은 기억을 잃고 말았네. 매번 뭔가를 잊어버렸다는 사실을 깨달았는데, 그 땐 이미 한참을 걸어온 뒤였지. 처음에는 장갑 한 짝이었네. 그런 추위에서 무척 심각한 일이었어! 내 앞에 벗어두었다가 그대로 둔 채 길을 떠났던 거야. 그다음엔 시계였네. 그다음엔 주머니칼. 그러고 나서 나침반을 잃어버렸네. 멈춰서 쉴 때마다 점점 가난해졌던 거지……"

나를 구원한 것은 앞으로 내딛는 한 걸음이었어. 한 걸음 또한 걸음. 언제나 똑같은 걸음으로 다시 시작하는 거지……."

"장담하건대 내가 한 일은 어떤 짐승도 하지 못했을 거야."

내가 아는 가장 고귀한 문장이자 인간이 어떤 존재인지 알려주는 구절, 인간을 고귀하게 만들어 주고 진정한 위계를 정립해 주는 그 문장이 떠올랐네. 자네는 결국 잠이 들었어, 자네는 의식을 잃었지만, 부서지고 수척해지고 그을린 몸은 잠에서 깨자마자 다시 의식의 지배를 받았지. 몸이란 좋은 도구이자 하인에 지나지 않는 것. 좋은 도구를 가졌다는 오만함을 자네는 그렇게 표현했네, 기요메.

"먹을 것도 없이 걸어서 사흘째 되는 날 심장이 견디지 못하더군. 자네도 상상할 수 있을 거야……. 그렇다네! 나는 깎아지른 듯한 비탈을 기어서 내려가고 있었어, 허공에 매달린 채로 주먹으로 손을 둘 곳을 파면서 말이지. 결국 어느 순간 심장이 딱 멈추는 거야. 그랬다가 잠시 주저하더니 다시 뛰기 시작했는데, 이번엔 심장이 마구 제멋대로 뛰었어. 그때 1초라도 지체되면 나는 손을 놓고 떨어져 버릴 거라는 느낌이 왔다네. 나는 움직이지 않은 채로 내 안에서 나는 소리에 귀를 기울였어. 맥박이 전혀 없었네, 내 말을 알겠나? 비행 중에도 그 정도로 내 심장에 매달리듯 엔진에 매달린 적이 없었어. 나는 생각했어. '자, 조금만 더 힘내자! 조금만 더 버티자…….' 그런데 내 심장은 무쇠처럼 튼튼했던 거야! 심장은 잠시 주춤거리다가 다시 뛰기 시작했어……. 내 심장이 얼마나 자랑스러운지 모르겠네!"

내가 밤새 곁을 지키던 멘도사의 방에서 자네는 숨을 헐떡이다가 결국 잠이 들었네. 나는 생각했지.

'그의 용기를 칭찬하면 기요메는 어깨를 한번 으쓱하고 말 거야. 하지만 그의 겸손을 찬양하는 건 그에 대한 배신이 되겠지. 그는 평범한 능력을 한참 초월한 사람이야.

그가 어깨를 으쓱한 이유는 지혜로운 사람이라서야. 그는 일단 사건에 휘말리면 사람들이 더 이상 두려워하지 않는다는 사실을 알고 있어. 사람들은 알 수 없는 것들만 무서워하는데, 이미 직면한 이들에겐 그것은 알 수 없는 미지의 것이 아니게 되니까. 특히 그토록 투명하게 엄숙한 태도로 관찰한다면. 기요메의 용기는 단연 그의 올곧음의 결과야.'

그러나 그런 것도 그의 진짜 장점은 아니다. 그의 위대함은 스스로 책임감을 느끼고 있다는 점이다. 자신에 대해, 우편물에 대해, 희망을 품은 동료들에 대해 그는 책임감을 느꼈다. 그는 그들의 고통이나 기쁨을 손에 쥐고 가늠해 본 것이다. 살아 있는 이들 안에, 새로이 세워질 것에 대한 책임감을 갖고서 거기 일조하려고 했다. 그는 자신의 일이라는 차원에서 사람의 운명에 대해 일말의 책임감을 느낀 것이다.

그는 광활한 지평선을 제 잎으로 덮는 걸 받아들인 위대한 존재 중 하나다. 인간이 된다는 것은, 명확히 말하자면 책임감을 갖는 것이다. 자신과 상관없어 보이는 세계의 비참함 앞에서 부끄러움을 아는 것이다. 동료들이 이룬 승리를 자랑스러워하는 것이다. 자신의 돌을 하나 놓음으로써 세계를 건축하는 데 공헌함을 느끼는 것이다.

우리는 그런 사람들을 투우사나 노름꾼과 혼동한다. 죽음을 가소롭게 여기는 그들을 찬양하는 것이다. 그러나 나는 그러한 죽음에 대한 경멸이 가소롭다. 그 죽음의 뿌리가 납득할 만한 책임으로부터 나온 게 아니라면 그것은 빈곤한 영혼 혹은 무모한 젊음의 표시에 지나지 않는다. 나는 자살을 시도한 젊은이를 만난 적이 있다. 어떤 사랑의 슬픔이 제 심장에 은밀하게 총알을 박도록 부추기는 것인지 나는 모른다. 그가 어떤 문학적 충동에 이끌려 결투용 흰 장갑을 손에 낀 것인지 나는 모른다. 내가 기억하는 건, 그 슬픈 퍼레이드를 마주하고서 고귀함이 아니라 비참하다는 인상을 받았다는 것이다. 그렇게 사랑스러운 얼굴 뒤, 두개골 아래에는 아무것도 존재하지 않았다. 다른 이들과 다르지 않은 바보 같은 어린 소녀의 이미지 말고는.

이처럼 헐벗은 운명을 마주하니 진정한 인간의 죽음이 떠오른다. 한 정원사의 죽음이 내게 가르쳐 주었다.

"알다시피⋯⋯ 삽질을 하면 땀을 비처럼 흘렸소. 류머티즘 관절염으로 다리를 질질 끌었고. 나는 그런 노예 같은 생활을 맹렬히 비난했소. 그런데 지금 나는, 삽질을 하고 땅을 일구고 싶소. 땅을 파는 일이 그토록 멋지게 보인다오! 땅을 팔 때 그렇게나 자유로운데! 누가 내 나무를 그렇게 잘 잘라주겠소?"

그가 죽고 땅은 황무지가 되었다. 그가 가고 지구는 황폐해졌다. 그는 온 대지에 대한 사랑으로 연결되어 있었고, 대지의 모든 나무에 대한 사랑으로 연결되어 있었다. 관대한 자이자 아낌없이 베푸는 자이자 위대한 영주는 바로 그였다! 그가 '창조'의 이름으로 죽음과 맞설 때, 그는 기요메처럼 용감한 사람이었다.

· 3 ·

비행기

　　기요메, 자네가 밤낮으로 하는 일이 압력계를 제어하고, 회전의 균형을 맞추며, 엔진 배기음을 검사하고, 15톤의 금속을 어깨에 짊어지는 것이라 할지라도 그게 뭐 그리 중요하겠나. 결국 자네가 직면한 문제는 인간 누구나 겪는 문제네. 그렇기에 자네는 산골 주민과도 단번에 마음이 통하고 고귀함을 나눌 수 있는 거야. 자네는 시인들처럼 새벽이 보여준 것들을 음미할 줄 알아. 힘겨운 밤의 심연에서도 창백한 꽃다발이 나타나기를, 동쪽의 검은 대지들에서 빛이 떠

오르기를 자네는 간절히 바랐지. 기적의 샘은 이따금 자네 앞에서 천천히 녹아내리며 분명 죽을 거라 생각한 순간에 자네를 치료해 주었어.

자네가 과학이라는 도구를 사용한다 해서 각박한 기술자가 되는 건 아니네. 우리의 급속한 기술적 진보에 겁을 먹은 이들은 기술의 목적과 수단을 혼동하는 것처럼 보여. 물질적 부만을 위해 싸우는 이들은 살아갈 가치가 있는 것들은 아무것도 얻지 못하지. 그러나 기계는 목적이 될 수 없다네. 비행기는 목적이 아니야. 그것은 도구야. 쟁기와 같은 하나의 도구.

기계가 인간을 파멸시킨다고 믿는다면, 그건 우리가 잠시 물러나 지금껏 겪은 급속한 변화의 결과를 평가하는 시간을 가지지 않아서야. 인간의 역사가 20만 년이라는 관점에서 본다면 100년 남짓인 기계의 역사가 뭐가 중요하겠어? 탄광과 전력발전소의 풍경에 이제 간신히 정착했는데 말이지. 아직 건축이 끝나지도 않은 새 집에 이제 살기 시작한 거야. 우리를 둘러싼 모든 것이 너무 급속도로 변했네. 인간관계, 근로 조건, 관습. 우리의 정신 자체도 가장 밑바닥부터 무너졌지. 분리, 결핍, 거리, 회귀의 개념은 동일한 언어로 불릴지라도 같은 현실을 내포하지 않아. 오늘날의 세계를 파악하기 위해서 우리는 어제의 세계를 위해 정립된 언어를 사용하는 중인 셈이지. 과거의 삶이 우리 본성에 더욱 잘 부합하는 듯 보이는 이유는 단지 그 언어가 우리 언어에 더 잘 맞다는 것 때문이야.

진보는 언제나 우리가 겨우 획득한 습관으로부터 우리를 멀리 쫓아냈어. 우리는 나라를 아직 세우지 못한, 그야말로 이민자들인 거지.

우리는 새 장난감에 감탄하는 젊은 미개인일 뿐이네. 우리의 비행기 경주에 다른 의미는 없어. 비행기는 더 높이 올라가고 더 빨리 비행하지. 그런데 비행기가 왜 하늘을 날도록 만들었는지 잊어 버리고 말았다네. 경주가 비행기의 목표보다 우선이 된 거지. 언제나 그렇게 작동하네. 제국을 건설한 식민지 부대의 군인에게 인생의 의미는 정복이야. 그는 정복지 주민들을 경멸하지. 그러나 정복의 목표는 그 주민들을 정착시키는 것 아니던가? 우리는 급격한 진보의 고양감에 휩싸여서, 인간들을 철도를 놓고, 공장을 세우고, 유전을 시추하도록 몰아댔지. 인간에게 봉사하기 위해 이러한 구조물들을 세운 사실은 망각한 채. 정복이 지속되는 동안 우리는 군인의 윤리로 살았어. 하지만 이제 우리는 주민이 되어야 해. 아직 제 모습을 갖추지 못한 새 집을 살 만한 곳으로 만들어야 하네. 어떤 이들의 진실이 건축하는 것이라면, 또 다른 이들의 진실은 거주하는 것이니.

우리의 집은 서서히 인간다운 모습을 갖춰가겠지. 기계는 완벽에 가까워질수록 기능이 전면에 나서고 기계 자체는 모습을 감춘다네. 인간의 산업에 들어가는 온갖 노력, 셈과 측정, 설계도를 보며 지새운 모든 밤, 이 모든 것들은 드러난 신호처럼 단지 단순함을 향한 것이지. 원기둥과 유선형, 비행기 동체의 곡선이 가슴이나 어깨의 곡선처럼 기본적 순수성을 획득하기까지는 수많은 세대의 경험이 필요했던 것처럼 말이네. 엔지니어와 설계가, 측량가의 노동은 비행기 동체에 날개의 접합 부위가 보이지 않고 불순물이 전부 추출되어 일종의 자발적이고 신비한 구조로 연결된 완벽히 아름다운 형태, 시의 형식과 맞먹을 만큼 아름다운 형태에 이를 때까지 광을 내고, 지우고, 접합부위를 가볍게 하고, 비행기 날개의 균형을 맞추는 것이지. 더할 것이 없을 때가 아니라 뺄 것이 없을 때 완벽함에 이르는 것 같아. 기계가 더는 발전할 수 없을 때까지 발전하면 제 모습을 완전히 숨길 거야.

이렇듯 발명의 완벽함은 발명의 부재(不在)와 맞닿아 있어. 마찬가지로 모든 외적인 기계장치는 서서히 제 모습을 지우고, 바다에서 씻긴 반들반들한 조약돌 같은 자연스러운 사물로 우리에게 전달되네. 기계를 사용하는 우리가 점점 그 사실을 잊는다는 것도 놀라운 일이지.

과거에 우리는 복잡한 공장과 연결되어 일했어. 오늘날은 엔진이 돌아간다는 것조차 망각하고 있지. 결국 엔진은 돌아간다는 기능에 걸맞게 계속 일을 하네. 심장이 뛰듯이 말이지. 우리는 평소 심장이 뛰는 걸 알아차리지 못하듯 엔진의 가동도 알아차리지 못하네. 도구에 주의를 기울일 필요가 없어진 거지. 도구 저편에서 도구를 통해 우리는 정원사의 자연, 탐험가의 자연, 시인의 자연을 발견하듯 오랜 자연을 발견하게 되는 거야.

수상비행기의 조종사가 이륙할 때 신경 쓰는 건 물과 공기라네. 엔진에 시동이 걸리고, 찰랑거리는 바닷물에 저항을 받아 비행기 동체가 징처럼 울릴 때, 그는 허리로 전해지는 진동을 통해서 기계가 작동하는 걸 느껴. 속력을 낼수록 시시각각 비행기에 힘이 가해지는 걸 느끼지. 15톤의 물체 속에서 그는 비행 준비가 거의 마쳤음을 느낀다네. 조종간을 꼭 쥔 조종사는 빈 손바닥에 선물 같은 힘이 차오르는 걸 느껴. 그 선물이 주어지면 조종간의 금속장치들은 권능의 메신저로 탈바꿈하네. 권능이 무르익으면 조종사는 과일을 따는 사람보다 더 유연하게 물에서 비행기를 이륙시켜 공중에 안착하는 거야.

비행기와 지구

· 1 ·

비행기는 물론 기계이지만 동시에 놀라운 분석 도구다! 이 도구 덕에 우리는 대지의 진정한 얼굴을 발견한다. 실제로 몇 백 년 동안 육로는 우리를 그릇되게 인도했다. 우리는 백성들이 자신의 통치에 만족하는지 알고 싶어서 여기저기 방문하고 다니는 지배자와 닮은꼴이었다. 아첨꾼인 신하들은 그의 행차 길을 장식하려고 거짓으로 사람을 사서 춤을 추도록시켰다. 좁은 행차 길로만 다녀서 지배자는 자신의 왕국을 전혀 보지 못했고, 시골 한복판에서 백성들이 굶주림으로 죽어 가며 그를 저주한 사실도 까맣게 몰랐다.

이렇게 구불구불한 길을 따라 우리도 앞으로 나아갔다. 길은 황폐한 땅, 바위, 모래를 피해 인간의 욕망과 만나며, 이 샘에서 저 샘으로 이어진다. 길을 따라 시골 주민들은 곳간에서 밀밭으로 이동하고, 축사 문턱에서 잠이 덜 깬 가축을 맞이해 새벽에 개자리속 풀밭에 풀어놓는다. 길은 이 마을에서 저 마을로 연결된다. 마을 주민들이 다른 마을 주민들과 결혼하기 때문이다. 길이 위험천만하게도 사막을 지날 때도 오아시스를 향유하려고 스무 번은 돌아가게 된다.

그 길을 여행하는 동안 수많은 관대한 거짓말, 풍요로운 대지, 허다한 과수원과 초원 들이 우리를 꾀었듯이, 우리는 길의 구부러짐에 속아 오래도록 우리의 감옥을 훨씬 아름다운 이미지로 상상해 왔다. 우리는 이 지구를 촉촉하고 부드러운 곳으로 믿었다.

그러나 우리의 시선은 날카로워졌고, 우리는 무자비한 진보를 이루었다. 비행기가 발명되면서 우리는 직선의 항로를 배웠다. 이륙하자마자 땅으로부터 멀어지면서 축사와 수로로 나 있는 길들, 혹은 이 도시에서 저 도시로 난 구불구불한 길들로부터 해방되는 것이다. 익숙한 구속으로부터 해방되고 샘에 대한 욕망에서 놓여나자, 우리는 머나먼 목표를 향해 기수를 돌린다. 이제 우리는 직선의 여정에서 본질적인 토대가 되는 바위나 모래, 소금층들을 발견한다. 폐허 속 움푹 팬 곳에 이끼가 끼듯 이따금씩 여기저기에 생명이 서둘러 꽃을 피운다.

우리는 이제 물리학자나 생물학자가 되어서 깊은 계곡을 장식한 문명들을, 기후가 적당한 공원에 기적적으로 번성한 문명들을 조사한다. 그리하여 우주적 관점에서 인간을 판단하고, 과학적 도구처럼 비행기의 둥근 창을 통해 인간을 관찰한다. 우리는 우리의 역사를 새롭게 읽는다.

· **2** ·

마젤란 해협을 향해 비행하던 조종사는 리오가예고스 강에서 살짝 남쪽에 위치한 오랜 용암 분출 지역 위를 지난다. 화산 잔해가 20미터 두께로 들판을 뒤덮고 있다. 그는 두 번째, 그리고 세 번째 용암 분출의 흔적과, 200미터가량 펼쳐진 울퉁불퉁한 바닥과 원형돌기를 마주한다. 측면에는 분화구가 보인다. 오만한 베수비오 산과 달리 평야에 자리 잡은 채 아가리를 벌린 화포다.

하지만 오늘날은 화산 활동이 잠잠해졌다. 본래의 목적을 잃은 화산의 풍경은 놀라움을 자아낸다. 과거에는 1천 개에 이르는 화산들이 서로 응답하듯 웅장한 파이프오르간 소리를 내며 지하로부터 불덩어리를 내뿜었다. 이제 그 대지는 검은 빙하로 뒤덮인 채 침묵을 지키고, 우리는 그 위를 비행한다.

좀 더 멀리 있는 더 오래된 화산들은 이미 황금빛 잔디로 뒤덮여 있다. 낡은 화분에 심긴 한 송이 꽃처럼 움푹 팬 지면에서 나무 한 그루가 자라기도 한다. 저물녘 내리쬐는 빛 아래 키 작은 식물들이 자란 평원은 화려한 정원처럼 변하고, 커다란 목구멍 같은 분화구는 주위가 미약하게 부글거리는 것 말고는 폭발하는 걸 잊었다. 산토끼 한 마리가 뛰어가고, 새가 날아오르고, 생명의 활기가 새로운 지구에 가득했다. 대지라는 반죽이 마침내 우리의 지구별 위에 내려앉았다.

푼타아레나스 조금 못 미치는 곳에 마지막 분화구들이 있는데, 여기도 대지로 메워졌다. 화산 굴곡을 따라 평평한 잔디가 뒤덮였고, 화산은 끓어오르지 않고 잠잠하다. 균열이 생긴 곳마다 부드러운 아마포 같은 잔디로 메워졌다. 대지는 반들반들하고 비탈길은 완만했으므로, 사람들은 그곳의 초기 모습을 잊었다. 언덕 옆구리의 짙은 표시를 잔디가 지워버렸기 때문이다.

세계 최남단의 도시 푼타아레나스는 원시의 용암과 남극의 빙하 사이에 우연히 소량의 진흙이 끼어들어 조성되었다. 검은색 용암이 흐르는 가까이에서 우리는 인간의 기적을 생생히 체감한다! 기이한 만남이지 않은가! 인간이라는 방랑자가 어떻게, 무슨 이유로 잠시잠깐 살도록 준비된 이 정원을 방문하게 된 걸까. 지질학적 시대의 수많은 나날 중에 축복받은 단 하루 동안 말이다.

나는 감미로운 저녁에 착륙했다. 푼타아레나스! 나는 샘물가에 기대서서 광장의 아가씨들을 바라본다. 그녀들의 우아함을 가까이에서 지켜보며 인간의 신비를 또다시 흠뻑 느낀다. 생명과 생명이 연결되고, 바람을 타고 꽃들이 뒤섞이며, 백조들이 다른 백조를 모두 알고 있는 세계에서 인간만이 고독의 벽을 쌓는다.

어떤 공간이 인간들 사이에 영적인 교류를 방해하는가! 아가씨의 꿈이 나와 그녀를 갈라놓는데 어떻게 그녀와 함께할 수 있는가? 눈을 내리깔고 만족스러운 미소를 지으며 느린 걸음으로 집으로 돌아가는 아가씨, 지어낸 이야기와 사랑스러운 거짓말을 가득 품은 그녀에 대해 나는 무엇을 알아낼 수 있단 말인가? 그녀는 연인의 생각과 목소리와 침묵으로 하나의 왕국을 세우고, 그를 제외한 모든 것을 야만적이라고 여긴다. 내게는 그녀가 다른 행성에 있는 것보다도 더, 자신의 비밀과 관습, 자신의 기억의 메아리 속에 갇혀 있는 것처럼 보인다. 어제 화산과 잔디 혹은 바다의 간수에서 태어난 그녀는 이미 반쯤은 신적인 존재로 여기 있다.

푼타아레나스! 나는 샘에 등을 대고 서 있다. 노파들이 물을 길으러 온다. 그들의 비극에 대해 내가 알고 있는 건 하녀의 몸짓밖에 없다. 아이 하나가 벽에 얼굴을 기대고 조용히 울고 있다. 내 기억 속에서 아이는 영원히 달랠 수 없는 귀여운 아이로만 남을 것이다. 나는 이방인이다. 아무것도 알지 못한다. 그들의 제국 안으로 들어가지 못한다.

인간의 증오와 우정, 기쁨이라는 방대한 연극은 얼마나 초라한 무대에서 펼쳐지는지! 미지근한 용암 위에 서서 모래폭풍과 눈의 위협을 받던 인간이 도대체 어디로부터 영원의 감각을 끌어왔을까? 인간의 문명은 부서지기 쉬운 금도금에 지나지 않는다. 화산이, 새로운 바다와 모래바람이 금도금을 지워 버리기 때문이다.

이 도시는 프랑스 보스 지방과 마찬가지로, 심층까지 비옥한 진짜 땅 위에 세워진 것 같다. 우리는 다른 곳에서처럼 이곳에서도 생명은 사치이고, 인간의 발 밑에 진정 심오한 땅은 어디에도 없다는 걸 잊어 버린다. 그러나 푼타아레나스로부터 10킬로미터 떨어진 호수가 이 사실을 증명해 준다. 발육 나쁜 나무들과 낮은 집들에 둘러싸인, 농장 안뜰의 못처럼 소박한 그 호수에는 기이하게도 파도가 인다. 흔들리는 갈대밭과 뛰어노는 아이들의 평화로운 현실 가운데 밤낮으로 느린 호흡을 유지하면서, 그 호수는 다른 법칙을 따른다. 잔잔한 수면 아래, 부동의 빙하 아래, 다 허물어진 채 떠 있는 배의 아래에서 달의 기운이 작용한다. 깊은 바닷속 소용돌이가 이 검은 덩어리에 영향을 미친다. 저 멀리 마젤란 해협의 심해에서 일어나는 기묘한 소화가, 이 풀과 꽃의 얇은 층 아래에까지 연동되어 일어난다. 너비 100미터의 이 호수는, 우리가 대지에 지어져서 안전하다고 믿는 도시의 문턱에서 바다의 맥박으로 뛰고 있는 것이다.

· 3 ·

우리는 방랑자별에 살고 있다. 비행기 덕에 우리는 가끔 이 별의 기원을 본다. 달과 관계를 맺은 늪은 숨은 혈연관계를 드러낸다. 그로부터 나는 다른 신호도 알아차렸다.

때때로 쥐비곶과 시스네로스 사이에 있는 사하라의 해안을 비행한다. 원뿔대 형태를 띤, 너비가 작게는 몇백 걸음부터 크게는 30킬로미터에 이르는 고원이다. 고원의 고도는 놀랍게도 300미터로 동일하다. 높이 외에도 빛깔과 토양, 절벽 지형

까지 같다. 모래 위 우뚝 솟은 유일한 사원 기둥에 허물어진
탁자의 흔적에서, 고독한 기둥들이 과거에 이곳이 광대한 하
나의 고원이었음을 알 수 있다.

　카사블랑카 – 다카르 노선의 초기 몇 년은 설비가 튼튼하
지 않았던 시절이었다. 우리는 잦은 고장과 수색 및 구출 작업
을 위해 정복되지 않은 종족의 땅에 착륙할 수밖에 없었다. 그
런데 사막은 우리를 자주 속인다. 단단할 줄 알았던 모래 밑이
꺼져 버리면 우리는 옴짝달싹할 수 없는 교착 상태에 빠진다.

아스팔트처럼 단단해 보이고 구둣발 아래 소리를 내는 옛 염전들은 무거운 바퀴가 지나가면 꺼져 버린다. 흰색 소금 부스러기가 터지며 검은 늪의 악취를 폭발시킨다. 그래서 상황이 허락하는 한 우리는 고원의 반질반질한 지면을 택한다. 거기에는 덫이 숨겨져 있지 않으므로.

이렇게 확신하는 것은 고원은 알갱이 굵은 모래와 조개껍질들이 엄청나게 박혀 있어 단단한 모래를 이루기 때문이다. 고원 표면은 모래가 그대로 남아 있지만, 능선을 따라 내려가다 보면 모래는 잘게 부서지거나 굳어 있다. 가장 오래된 퇴적층의 기초를 이루는 것들은 순수한 석회암이다.

우리 동료인 렌과 세르가 미정복 종족에게 억류되어 있던 때에 나는 무어인 전령을 내려주기 위해 대피소 한 곳에 착륙했고, 그가 내려갈 수 있는 길인지 확인하려고 그와 함께 탐색했다. 하지만 우리가 내린 고원은 사방이 수직 주름으로 심연 속으로 떨어지는 절벽이었다. 빠져나가기란 불가능했다.

그래도 나는 다른 착륙지를 찾아 보려고 그곳에서 지체하였다. 짐승도 인간도 더럽히지 않은 영토에 나의 족적을 남겼다는 어린애 같은 기쁨을 느꼈던 걸까. 그 어떤 무어인도 이 강력한 요새를 습격하러 뛰어들지 못했을 것이다. 그 어떤 유럽인도 이 영토를 탐험한 적이 없었을 것이다. 나는 한없이 순결한 그 모래를 손으로 측량해 보았다. 그 조개껍데기 가루를 귀중한 금가루인 양 손에서 손으로 떨어뜨렸다. 그런 행동을 한 것도 내가 최초이리라. 이 침묵을 깬 첫 번째 인간. 먼 옛날부터 풀 한 포기 만들지 못했던 일종의 빙산 같은 곳에서, 바람에 실려온 씨앗처럼 나는 생명의 첫 번째 증거였다.

별 하나가 빛나고 있었다. 나는 그 별을 가만히 바라보았다. 나는 그 하얀 표면이 수백 혹은 수천 년 이래로 고독한 별들만 가진 것임을 떠올렸다. 청명한 하늘 아래 얼룩 한 점 없이 당겨진 식탁보. 이 식탁보 위에서 내게서 15~20미터 떨어진 검은 조약돌을 발견했을 때 나는 위대한 발견의 문에 들어선 것처럼 감동하고 말았다.

나는 300미터 두께의 조개껍데기 위에 서 있었다. 거대한 지층은 반박 불가능한 증거처럼 돌멩이 하나도 거기 들어 있지 않다고 말하고 있었다. 지구의 느린 소화작용으로 규석들은 아마도 땅 밑 깊은 곳에서 잠에 빠져들었으리라. 하지만 어떤 기적이 그중 하나를 최근 이 표면까지 올라오도록 만들었을까? 나는 두근거리는 마음으로 의외로 발견한 것들을 한데 모았다. 주먹 크기만 한 금속처럼 무겁고 눈물 형태로 된 단단하고 검은 조약돌 하나.

사과나무 아래 식탁보를 펼치면 사과를 받고, 별 아래 식탁보를 펼치면 별 부스러기만 담을 수 있다. 어떤 운석도 그 기원을 그토록 명징하게 보여준 적이 없었다.

나는 자연스럽게 고개를 들고서 생각했다. 하늘의 사과나무에서 다른 사과들이 떨어졌으리라. 수백 수천 년 전부터 그 누구도 사과에 손을 대지 않았으므로, 떨어진 그 지점에서 사과를 발견할 것이다. 사과를 다른 물질과 헷갈릴 일도 없다. 나는 내 가설을 증명하려고 탐험에 나섰다.

나의 가설은 증명되었다. 나는 헥타르당 돌 한 개를 주워 모았다. 돌에는 용암의 흔적이 남아 있었고, 검은 다이아몬드만큼이나 단단했다. 나는 별의 우량계가 된 고원 위에 서서, 놀랍도록 응축된 형태로 천천히 내리는 불 소나기를 목격했다.

· 4 ·

그래도 가장 경이로운 점은 지구의 둥근 등 위에, 자기를 띤 리넨 식탁보와 별들 사이에 인간의 의식이 존재한다는 것이다. 그 의식 속에서 불 소나기는 거울에 비추인 것처럼 보인다. 광물층 위의 몽상은 하나의 기적이 된다. 몽상 하나가 떠오른다…….

언젠가 한번은 빽빽한 모래사막에 추락한 뒤 새벽을 기다리고 있었다. 황금빛 언덕은 빛나는 비탈면을 달에게 보여주었고, 그늘진 면은 빛과 어둠의 경계선까지 올라가고 있었다.

그림자와 달이 만들어낸 쓸쓸한 작업대 위에, 일이 유보된 상황의 평화로움과 덫과 같은 침묵이 내려앉았다. 나는 그 한가운데서 잠이 들었다.

잠에서 깼을 때 나는 밤하늘이라는 둥근 연못 외에는 보지 못했다. 좌우로 팔을 벌린 채 별들의 양성소를 마주 보며 능선에 모로 누워 있었던 것이다. 그 깊이를 헤아릴 수 없어 현기증을 느꼈다. 나를 붙잡아줄 뿌리도 없이, 이 깊이와 나 사이에 지붕도 나뭇가지도 하나 없이 잠수부처럼 급속도로 떨어지는 느낌이 나를 덮쳤다.

하지만 나는 무너지지 않았다. 머리끝에서 발끝까지 대지와 하나로 묶인 자신을 발견하고 있었기에. 나는 나의 무게를 거기에 의지하며 일종의 안정감을 느끼는 중이었다. 중력이 사랑처럼 절대적으로 내게 다가왔다.

대지가 내 허리를 받쳐 나를 지탱해 주고, 나를 일으켜 세워 밤의 공간으로 데려가는 것 같았다. 마차가 커브를 돌 때 한쪽으로 밀리는 것 같은 힘으로 내가 별에 붙어 있음이 느껴졌다. 어깨로 받쳐주는 듯한 경이로운 감각과 든든함을, 그리고 안전함을 느꼈다. 내 몸 아래 내가 탄 배의 둥근 갑판을 느꼈다.

실려간다는 의식이 뚜렷했으므로 나는 대지 깊은 곳으로부터 가까스로 재구성된 물질들의 불만과 항구로 귀환하는 낡은 범선의 탄식, 역풍을 만난 수송선이 내는 날카롭고 긴 외침을 놀라지도 않고 들었으리라. 하지만 두터운 대지에는 내내 침묵이 흘렀다. 그 힘은 내 어깨를 영원히 조화롭게 떠받칠 것만 같았다. 나는 몸에 짐을 잔뜩 실어 바다 깊은 곳에 떨어뜨린 갤리선 노예들의 시체가 된 것만 같았고, 그곳이 내 고국 같았다.

나는 현재 상황에 대해 찬찬히 생각하기 시작했다. 위협적인 사막에서 길을 잃었고, 사막과 별 사이에서 아무것도 없는 빈손이며, 끝없는 침묵 속에서 목숨을 위협당하고 있는 상태였다. 만일 어떤 비행기도 나를 찾으러 오지 않고, 무어인들이 내일 나를 학살하지 않는다면 나는 며칠, 몇 주, 몇 달을 연락을 이어보려고 시간을 허비하리라는 걸 알고 있었다. 이곳에서 나는 세상의 어떤 것도 소유하고 있지 않았다. 나는 사막과 별들 사이에서, 호흡하는 일의 유일한 감미로움을 인식하며 소멸할 존재 그 이상도 아니었다.

그럼에도 나는 몽상에 한껏 젖어 있는 자신을 발견했다.

그것들은 샘으로부터 흐르는 물처럼 소리 없이 내게로 왔다. 처음에는 나를 지배한 부드러움의 정체를 알지 못했다. 목소리나 이미지도 없었고 현존의 감정만이, 매우 친근하고 이미 절반은 알고 있었던 우정의 감정만이 존재했다. 그때서야 나는 이해하고, 눈을 감은 채 나를 환영하는 기억 속에 나 자신을 맡겼다.

어딘지 모르는 곳에 검은 전나무와 보리수가 있는 공원과 내가 사랑하던 낡은 집이 있었다. 멀리 있는지 가까이 있는지는 중요치 않았다. 그 집이 내 육체를 따뜻하게 덮혀 주거나 나를 보호해 주지 않는다는 것도 중요치 않았다. 꿈속이기에 어쩔 수 없었다. 내 밤을 꿈의 존재로 채워주기 위해 거기 존재하는 것만으로 충분했다. 나는 모래언덕에 불시착한 몸이 아니었고, 내 위치를 알고 있었다. 나는 향기로운 추억들로 가득 찬 집, 현관에 청량한 공기가 흐르는 집, 활기를 불러일으키는 목소리로 가득 찬 그 집의 아이였다. 늪의 개구리 울음소리까지 내 귀에 살아났다. 나는 이러한 천 가지 표지들이 필요했다. 나 자신이 어디 있는지 확인하고, 이 사막에 결여된 맛이 무엇인지 발견하고, 개구리들도 입을 다문 천 가지 침묵으로 구성된 그 침묵의 의미를 발견하기 위해서.

아니다, 나는 더 이상 모래와 별들 사이에 있지 않았다. 꿈의 배경에 대해 냉정한 메시지밖에 받은 게 없었다. 내가 맛보았다고 생각한 영원성의 감각조차 이후에야 그 기원을 발견했으니까. 그 집의 꽤나 화려한 대형 옷장들이 다시 눈에 보였다. 반쯤 열린 옷장 안으로 눈처럼 하얀 시트들이 쌓여 있었고, 눈처럼 얼어 있는 물건들도 보였다. 늙은 가정부가 이 옷장 저 옷장으로 작은 쥐처럼 종종거리며 돌아다니면서 시트를 확인하고 펼쳤다가 접었다가, 흰 리넨의 수를 다시 세었다. 그녀는 집의 영구성을 위협하는 마모의 흔적이 보이면 이렇게 소리를 질렀다.

"아! 세상에, 어떻게 한담!"

당신은 램프 불빛 아래 제단보 씨실을 수선하다가 세 돛대의 천들을 기웠다가 하며, 자신보다 더 위대한 무엇, 신이나 선박 같은 것을 섬기는 것 같았다.

아! 당신 이야기를 한 페이지만 더 쓰겠다. 첫 비행에서 돌아와 나는 당신을 발견했지. 손에 바늘을 들고 무릎까지 내려오는 흰 옷을 입은 당신, 매해 주름이 늘어가고 안색은 나날이 창백해지는 당신, 언제나 침대 시트를 주름 한 점 없이 손수 준비하는 당신, 저녁식사를 위해 솔기 없는 식탁보를 준비하고, 크리스털과 빛으로 채운 만찬을 준비하는 당신을.

나는 리넨옷을 보관하는 방으로 당신을 보러 갔어. 당신과 마주 보고 앉아 내가 겪은 죽음의 위협에 대해 이야기했지. 당신을 감동시키고, 당신이 세상에 눈을 뜨게 해주고, 세상의 더러움을 알려주기 위해서였어. 당신은 말했지, 내가 거의 변하지 않았다고. 귀여운 분. 어릴 때도 내가 셔츠에 구멍을 냈었다고("아, 이를 어쩐담!"). 내가 무릎에 찰과상을 입곤 했고, 매일 저녁 집으로 돌아와 상처에 붕대를 감아달라고 했다고.

아니야, 절대 아니야, 할멈! 나는 지금 공원을 쏘다니다 돌아온 게 아니라 세계의 끝에서 돌아온 거야. 내게 남은 고독의 내음, 사막의 모래 회오리, 열대지방의 반짝이는 달을 데려왔다고! 당신은 말했어. "물론이죠. 아이들은 달리고, 뼈도 부러지기 마련이에요. 자기가 강한 줄 아니까."

아니야, 절대 아니라고, 할멈! 나는 이 정원 훨씬 너머를 보고 왔어! 정원의 나무그늘은 중요하지 않다는 걸 당신도 알아야 해! 사막, 화강암, 처녀림, 늪 사이에서는 자신이 어디 있는지조차 모르게 된다는 걸! 마주친 남자들이 곧바로 소총 개머리판을 어깨로 올리는 그런 땅이 있다는 걸 알고 있어? 얼어붙은 밤, 지붕도 침대도 시트도 없이 잠을 청하는 사막이 있다는 걸 알고 있느냐고, 할멈…….

"아! 그런 미개한 곳이 다 있나요?"

당신이 말했어.

교회 봉사자들의 신앙을 손상시키기 힘든 것처럼 나는 그녀의 믿음을 흔들리게 할 수 없었다. 그녀의 눈을 가리고 귀를 막은 그 딱한 운명을 불평할 뿐이었다…….

하지만 그날 저녁 사하라에서 모래사막과 별 사이에 헐벗은 채로 던져진 나는 할멈이 옳다고 믿었다.

내 안에서 무슨 일이 일어나고 있는지 알 수 없다. 하늘의 허다한 별들은 자성을 띠는데 나는 중력으로 땅에 붙어 있다. 이 무게가 나를 나 자신에게로 데려간다. 그리고 나를 수많은 사물들로 끌어당긴다. 나의 꿈들은 저 모래언덕보다, 달보다, 저 존재보다 더 실제적이다. 아! 집이 경이로운 건 그것이 당신을 보호해 주어서도, 따뜻하게 해주어서도, 심지어 사방 벽이 있어서도 아니다. 그보다는 그 집이 우리 내면에 서서히 애정 어린 물건들을 쌓아왔기 때문이다. 마음 깊은 곳의 샘물처럼 그 모호한 덩어리에서 꿈들이 태어나기 때문이다…….

　사하라, 나의 사하라! 실을 잣는 할멈이 네 존재에 마법을 걸었다!

· 5 ·
오아시스

　　나는 그간 사막에 대해 많은 이야기를 들려주었다.
이제 오아시스 이야기를 해보고 싶다. 내 기억 속에 생생히 떠
오르는 오아시스는 사하라 깊숙이 숨어 있는 게 아니다. 비행
기가 일으키는 또 다른 기적은 신비로운 세계 중심부로 당신
을 밀어넣는다는 점이다. 당신이 기내 유리창으로 개미집 같
은 인간의 집들을 들여다보는 생물학자라면, 담담한 마음으로
들판에 자리 잡은 이 도시들을 주시할 것이다. 도로는 방사형
으로 뻗어나가 동맥처럼 밭에 물을 대고 도시를 먹여 살린다.

그런데 압력계 바늘이 진동을 하면, 이 초록색 수풀은 우주로 변한다. 당신은 잠든 정원 속 잔디밭의 포로가 된다.

멀고 가까움을 측정하는 건 거리가 아니다. 집의 정원을 둘러싼 벽이 만리장성보다 더 많은 비밀들을 가둘 수 있다. 사하라의 오아시스를 둘러싼 두터운 모래보다, 침묵이 어린 소녀의 영혼을 더 잘 보호하기도 한다.

나는 세계 어딘가에서 있었던 짧은 착륙에 대해 이야기하려고 한다. 아르헨티나의 콩코디아 근처였는데 다른 곳에서도 일어날 수 있는 일이다. 알 수 없는 신비는 이런 식으로 펴져 간다.

경미한 사고로 그 들판에 착륙했을 때, 나는 동화 속 이야기를 직접 체험하게 될 줄은 생각지도 못했다. 나를 태우고 달리는 낡은 포드 안에서도, 나를 환대하는 조용한 부부에게서도 특별한 느낌을 받지 못했다.

"저희 집에서 묵고 가세요……."

도로 전환점에서 달빛 아래 작은 나무숲이 보였고, 나무 뒤로 집이 나타났다. 참으로 기묘한 집이었다! 작달막한 덩어리처럼 보이는 작은 성채 같았다. 현관에서부터 수도원만큼이나 평화롭고 안전한 피난처 분위기가 풍기는 전설 속의 성이었다.

그때 두 명의 아가씨가 나타났다. 그들은 진지하게 나를 뚫어져라 쳐다보았는데 흡사 금지된 왕국 문턱에 있는 두 명의 재판관 같았다. 그중 어린 아가씨는 뾰로통한 표정을 한 채 초록색 나무 막대기로 바닥을 톡톡 두드렸다. 소개가 끝나자 그들은 도전적이고도 호기심 어린 표정으로 말없이 내게 손을 내민 후 사라져 버렸다.

나는 즐거웠고 그들에게 매료되었다. 모든 것은 비밀의 첫 마디처럼 단순하고 조용하며 순식간에 지나갔다.

"이런, 이런! 아이들이 좀 버릇이 없어서요."

아버지 되는 사람이 짧게 응수했다.

우리는 집 안으로 들어갔다.

파라과이에 갔을 때 수도의 포장도로 사이로 비죽이 코를 내민 식물을 보았는데 조롱하는 듯한 그 모습이 나는 좋았다. 그것은 보이지 않지만 어딘가 존재하는 처녀림의 일부로 인간이 아직도 도시를 점거하고 있는지, 포석들을 헤집어놓아야 할 때가 되지 않았는지 보려고 했다. 나는 과잉된 풍성함을 표현하는, 그런 형태의 황폐함이 좋았다. 그런데 이곳에서도 마찬가지의 경이로움을 느꼈다.

거기 있는 모든 것이 감탄스러울 정도로 황폐했던 것이다. 세월로 갈라진 곳마다 이끼로 뒤덮인 고목이며, 세대가 열 번은 바뀌는 동안 연인들이 앉곤 했던 나무벤치가 무척 매력적이었다. 마룻바닥은 낡았고, 문짝은 부식되었으며 의자는 덜

컹거렸다. 이 집 사람들은 수리는 하지 않으면서도 열정적으로 집 안을 청소했다. 모든 것이 깨끗하고 왁스칠이 되어 있고 반짝거렸다.

거실은 주름진 노파의 얼굴마냥 강렬한 인상을 주는 풍경이었다. 벽 곳곳에 금이 간 곳과 천정의 찢어진 부분, 이 모든 것을 나는 감탄하며 바라보았다. 무엇보다도 여기저기 무너지고 다리처럼 흔들리면서도 왁스칠로 광을 낸 번들거리는 마룻바닥이 좋았다. 이 기묘한 집은 소홀하게 다루거나 되는 대로 대한 흔적은 전혀 없었고, 굉장히 존중받아 온 것 같았다. 해가 바뀔수록 그 집에는 멋이 생기고 외관은 복잡해지고, 따뜻하고 열정적인 분위기가 더해졌으리라. 거실에서 부엌으로 이동하는 사이에 놓인 장애물도 늘었을 것이다.

"조심하세요!"

구멍이 있었다. 거기 빠졌다가는 다리가 부러지고 말 거라고 주인이 주의를 주었다. 그 구멍에 대해 그들은 책임이 없었다. 그것은 세월의 작품이었다. 그 구멍은 영주 같은 외양을 지녔다. 절대 어떤 변명도 하지 않겠다는 태도를 보이는 영주.

집주인은 "우리는 이 구멍을 전부 막을 수 있어요. 그 정도의 여유는 있거든요. 하지만……" 같은 말은 하지 않았다. "우리는 30년 계약으로 시에서 이 집을 얻었어요. 시에서 집을 고쳐주어야 하죠. 그런데 양측이 다 고집스럽게……" 같은 사실

관계도 말하지 않았다.

그들은 설명하는 걸 극도로 싫어하는 것 같았지만, 나는 그들의 여유로운 태도에 반했다. 그들은 그저 이렇게 덧붙였다.

"흠! 흠! 조금 오래된 집이긴 해요……."

그들의 말투는 꽤나 가벼워서, 내 친구들이 그 사실을 그리 울적해 하지 않는다는 느낌을 받았다. 벽돌공, 목수, 미장이, 가구세공인 무리가 그러한 과거 안에 자신들의 불경한 연장을 펼쳐놓고서, 일주일 만에 당신이 결코 알아볼 수 없는 집, 마치 다른 사람의 집에 방문한 기분이 드는 집으로 만들어 버리는 상상을 해본 적 있는가? 신비함도 없고, 외진 부분도 발아래 뚜껑문도 없으며, 지하실도 없는 그런 집, 일종의 도시의 저택 안에 있는 응접실과 다를 게 뭐가 있겠는가?

마법처럼 감춰진 집에서 아가씨들이 사라진 것은 굉장히 자연스러웠다. 응접실이 이미 다락의 풍족함을 다 갖추고 있었는데, 그렇다면 다락은 어느 정도겠는가! 살짝 열린 찬장을 들여다보기만 해도 노랗게 바랜 편지뭉치, 증조할아버지의 지불증서, 어떤 자물쇠에도 맞지 않는 열쇠들이 무너질 듯 쌓여 있을 것이다. 혀를 내두를 만큼 쓸모라고는 없는 열쇠들, 그것들은 이성을 혼란스럽게 만들고 지하에 파묻힌 궤짝이나 금화들이 있을 거라는 꿈을 꾸게 만들지 않겠는가.

"식탁으로 가실까요?"

우리는 식탁으로 자리를 옮겼다. 나는 이 방에서 저 방으로 향처럼 퍼진, 세상의 모든 향기에도 뒤지지 않는 오래된 책장 내음을 들이마셨다. 특히 램프를 들고 이동하는 것이 마음에 들었다. 이 방에서 다른 방으로 묵직한 램프를 들고 다니면 내 어린 시절의 가장 깊숙한 시간처럼 경이로운 그림자가 벽에 아른거렸다. 그것들로부터 빛다발이, 검은 종려나뭇잎 다발이 솟아올랐다. 램프를 일단 내려놓자 빛의 해변과 주변을 차지한 거대함도 멈추었고, 마룻바닥만 삐걱거렸다.

　아가씨 둘은 사라질 때와 마찬가지로 신비롭게 그리고 아무 소리도 내지 않고 다시 모습을 드러냈다. 그들은 진중하게 테이블에 앉았다. 아마도 청명한 밤에 창문을 열어둔 채 개와 새들에게 먹이를 주고는 저녁 바람에 실려오는 식물의 향기를 맡았으리라. 이제 냅킨을 펼치고서 그들은 신중하게 곁눈질로 나를 지켜보았는데 애완동물 무리에 나를 넣어줄 것인지 가늠하는 듯했다. 그들은 이구아나, 몽구스, 여우, 원숭이, 꿀벌도 키우고 있었던 것이다. 모든 살아 있는 생명체들이 뒤죽박죽, 그러나 경이롭게도 화합을 이루면서 지상의 새로운 낙원을 이루고 있었다. 그녀들은 모든 피조물들을 다스리면서 그 작은 손으로 동물들을 기쁘게 해주고, 먹이를 주고 물을 주면서 몽구스부터 꿀벌에 이르기까지 그들이 들었던 이야기들을 들려주었다.

그런데 나는 이 활기 넘치는 두 아가씨가 한 남자를 앞에 두고 신속하고도 은밀한 판단을 내리려고 그들의 판단력과 세밀함을 발휘하기를 기대하고 있었다. 어린 시절, 내 누이들은 우리의 식사 자리에 초대된 손님들에 대해 점수를 매기곤 했다. 그래서 대화가 멈추면 불현듯 침묵 속에서 "11점!"* 하는 소리가 들렸다. 물론 누이들과 나를 제외하고 아무도 그 놀이의 재미를 몰랐다.

이 게임을 이미 해 보았기에 나는 다소 긴장했다. 내 심판관들도 그렇게 주의 깊게 나를 보리라는 생각만으로도 부담스러웠다. 그들은 순진한 동물들을 속이는 짐승들을 구별할 줄 알았고, 여우의 발걸음에서 그들의 기분을 읽고 여우에게 접근하면 안 되는 때를 알았으며, 내면의 움직임에 대한 심오한 지식을 갖추고 있었다.

무척이나 날카로운 그들의 눈길과 올곧은 소박한 영혼이 좋았다. 하지만 그들이 게임을 다른 것으로 바꾸기를 나는 간절히 바라고 있었다. 나는 비굴하게도 '11점'이라는 점수를 받을까 두려워, 그들에게 소금을 건네주고, 와인을 따라주었다. 하지만 눈을 들면 그 정도로는 마음을 살 수 없는 심판관의 부드러운 진중함이 보였다.

---

* 프랑스에서는 20점이 만점이다.

아첨은 전적으로 쓸모없었다. 그들은 허영을 알지 못했다. 허영이 아니라 근사한 자부심을 소유하고 있었고, 내 도움 없이도 내가 알려줄 수 있는 것보다 훨씬 더 근사하게 자신을 생각하고 있었다. 나는 내 직업을 말하며 허영을 부릴 엄두를 내지 않았다. 새들이 제 깃털을 잘 정리하는지 살펴보고 친구들에게 인사하려고, 플라타너스나무 꼭대기까지 올라가는 행동 역시 비행만큼의 대담성을 요구하기 때문이다.

두 요정은 여전히 침묵을 지키며 내가 식사하는 모습을 지켜보았다. 나는 그들의 흔들리는 시선을 자주 목격했으나 그에 대해 말하지는 않았다. 침묵이 흘렀고 그 침묵 동안 무언가 가볍게 마룻바닥 위에서 휙휙 소리가 났고 테이블 아래에서 작게 부스럭거리는 소리가 들리더니 뚝 멈췄다. 나는 의문에 가득 차 눈을 들었다. 그러자 동생 쪽이 자신의 테스트에 만족하긴 했으나 마지막 시금석을 사용하겠다는 듯이, 어린 튼튼한 치아로 빵을 뜯으면서 짤막하게 설명했다. 내가 뭣도 모르는 이방인이라면 놀래주겠다는 천진한 태도였다.

"살모사랍니다."

그녀는 만족스러운 듯 입을 다물었다. 바보가 아니라면 그 정도 설명만으로도 충분하다는 태도였다. 이번에는 언니가 내 첫 반응을 보려고 시선을 던졌다. 그러고는 둘 다 온화하고 세상에서 가장 천진한 얼굴로 접시에 고개를 기울였다.

"아! 살모사군요……."

그 말이 내 입에서 자연스럽게 튀어나왔다. 살모사는 내 정강이를 미끄러져 지나더니 장딴지를 살짝 건드렸다. 살모사가 지나간 것이다…….

다행스럽게도 나는 미소를 지었다. 자연스러운 미소라는 걸 두 사람도 느꼈으리라. 나는 즐거웠고, 결정적으로 이 집이 매 순간 더욱 내 마음에 들었기에 웃었다. 또한 그 살모사들에 대해 더 자세히 알고 싶다는 욕구를 느낀 이유도 있었다. 언니가 나를 도와주려는 듯 말했다.

"살모사들이 탁자 아래 구멍에 둥지를 만들었어요."

"밤 10시가 되면 둥지로 돌아오고 낮에는 어디론가 사라져요."

동생이 덧붙였다.

이번에는 내 쪽에서 은밀히 지켜보았다. 그들의 평온한 얼굴 뒤 섬세하고 조용한 미소를. 그들의 위엄 있는 태도에 찬탄을 보내며…….

지금 나는 꿈을 꾸고 있다. 이 모든 것이 이미 먼 이야기가 되었다. 두 요정은 어떻게 되었을까? 아마 결혼을 했으리라. 그들은 변했을까? 아가씨가 여인으로 성장하는 것은 굉장한 일이다. 새로운 집에서 그들은 무엇을 할까? 그들이 풀과 뱀과 맺은 관계는 어떻게 되었을까? 그들에겐 우주적인 무언가가 뒤섞여 있었다. 언젠가 아가씨 안에서 여인이 눈을 뜨리라. 그들은 19점을 주고 싶어한다. 19점이 마음 깊은 곳에 묵직하게 자리 잡는다. 그때 어리석은 한 바보가 등장한다. 그러면 그들의 날카로운 눈은 처음으로 스스로를 속이고, 그 바보를 아름다운 색깔들로 비춘다. 바보가 시를 낭독하면 그들은 그가 시인이라고 믿는다. 그가 구멍 뚫린 마룻바닥을 이해하고, 몽구스를 사랑하리라고 믿는다. 테이블 아래 다리 사이로 왔다 갔다 하는 살모사의 믿음을 그도 좋아하리라고 믿는다. 이제 그들은 잘 손질된 정원만 좋아하는 그에게 야생의 정원 같은 자신의 마음을 줘 버린다. 그리고 그 바보는 공주를 노예로 만들어 버린다.

· 6 ·

사막에서

· 1 ·

　우리가 몇 주, 몇 달, 몇 년을 돌아갈 기약 없이 이곳
저곳 방황하는 사하라 노선의 조종사이자 사막의 포로로 있는
동안, 그러한 달콤함은 우리에게 허용되지 않았다. 사막은 그
러한 오아시스를 제공하지 않았다. 정원과 아가씨들은 전설에
불과하다! 물론 우리가 임무를 완수하고 돌아가 다시 생활하
게 될 아주 먼 곳에 많은 아가씨들이 우리를 기다리고 있기는
했다. 분명 그곳에서 그들은 몽구스나 책에 파묻혀 탐스러운
영혼의 인내심을 갖고 스스로를 연마하고 있을 것이다. 분명

그들은 나날이 아름다워질 것이다…….

하지만 나는 고독을 안다. 사막에서의 3년은 나에게 고독의 감각을 가르쳐 주었다. 사막에서는 이 광물성의 풍경 속에서 젊음이 닳아져 버리는 것이 두렵지 않았다. 그보다는 세계가 자신으로부터 멀어져 늙어가는 것만 같았다. 나무들은 열매를 맺고, 대지는 밀을 생산하고, 여자들은 이미 아름다웠다. 계절이 흐르면 서둘러 돌아가야 한다……. 하지만 계절이 지나도록 우리는 먼 곳에 억류되어 있다. 그러면 대지의 수확물들이 사구의 미세한 모래처럼 손가락 사이로 빠져나간다.

평소에 인간은 시간의 흐름을 느끼지 못한다. 그들은 일시적인 평화 속을 살아간다. 하지만 기항지에 도착해, 쉴 새 없이 부는 무역풍이 우리 위를 짓누를 때마다 우리는 시간의 흐름을 느꼈다. 마치 급행열차를 탄 여행자 같았다. 밤이면 두드리는 차축의 굉음을 견디고, 한 줌 불빛에 창밖으로 시골 풍경, 마을 풍경, 환대하는 그들의 공간이 낭비되듯 흘러갈 거라고 짐작하는 여행자. 여행 중이라 그는 아무것도 붙잡을 수 없다. 우리 역시 가벼운 열기에 들떠 있었다. 고요한 기항지에 있으면서도, 귀를 먹먹하게 만드는 비행 소음 때문에 여전히 항로를 날고 있는 듯했다. 우리는 자신의 심장 박동을 들으며, 바람의 사유에 실려 알 수 없는 미래로 떠밀려 가는 자신을 발견한다.

사막에는 반군 문제도 있었다. 쥐비곶의 밤들은 15분 간격으로 괘종시계의 진자에 의한 것처럼 쪼개졌다. 근처 이곳저곳에 흩어져 있는 보초들은 주기적으로 서로에게 경고를 보냈다. 비정복 지역에 고립되어 있는 쥐비곶의 스페인 요새는 보이지 않는 위협에 맞서 자신을 지키고 있었다. 이 눈 먼 배에 탄 승객인 우리는 근처에서 경고 소리가 점점 퍼져나가 우리 위로 바닷새의 포물선을 그리는 걸 듣고 있었다.

그럼에도 우리는 사막을 사랑했다.

사막이 텅 비어 있고 침묵만 흐르는 것 같다면, 그것은 사막이 하룻밤 연인에게는 자신을 내보이지 않아서다. 우리가 있는 소박한 마을이 제 모습을 감추는 것처럼 말이다. 우리가 그 마을을 위해 세상의 나머지를 포기하지도 않고, 그곳의 전통과 관례와 적대관계 속으로 들어가지도 않는다면, 그 사람들이 일군 마을에 대해 아무것도 알 수 없다. 다시 말해, 우리 바로 가까이에 있는 사람이 자신만의 수도원에 갇혀 자기만의 법칙에 따라 산다면, 그는 티베트의 고독 속에 거하는 것이나 마찬가지다. 그 어떤 비행기를 타도 우리는 그에게 가 닿지 못한다. 그런데 우리가 왜 굳이 그의 독방을 방문하겠는가! 그것은 텅 비어 있는데. 인간의 제국은 내면에 있다. 사막은 모래나 투아레그족, 소총으로 무장한 무어족으로 만들어진 것이 아니다⋯⋯.

바로 그렇기에 오늘날 우리는 갈증을 경험했다. 우리가 아는 우물, 우리가 발견한 우물은 오늘은 그저 광활하게 빛나고 있을 뿐이다. 이렇듯 보이지 않는 여인이 집 전체를 매혹적인 공간으로 만든다. 우물도 사랑처럼 멀리까지 영향을 미친다.

사막은 처음에는 황량하나, 어느 날엔가는 반군단체의 접근을 두려워한 우리가 그들이 걸친 거대한 망토의 주름을 읽는 날이 온다. 반군 역시 사막의 모습을 변형시키는 것이다.

우리는 게임의 규칙을 받아들였고, 그 게임은 자신과 흡사한 모습으로 우리를 주조한다. 사하라 사막은 우리 내면에서 자기 모습을 드러낸다. 그곳에 다가가는 것은 오아시스를 찾는 일이 아니라, 샘 자체를 우리의 종교로 만드는 것이다.

· 2 ·

첫 비행부터 나는 사막을 제대로 맛보았다. 리귀엘과 기요메와 나는 누악쇼트 근처 초소에 불시착했다. 모리타니의 작은 초소는 바다 위 떠도는 섬만큼이나 평생 고립된 곳이었다. 그곳에는 늙은 중사가 열다섯 명의 세네갈인과 폐쇄적으로 살고 있었다. 그가 하늘의 사자라도 되는 양 우리를 환대했다.

"아! 여러분과 얘기하다니 제겐 정말 특별한 일입니다…….
아! 정말 특별한 일이고말고요!"

그 일이 정말 특별했던지, 그는 눈물을 보였다.

"여러분은 6개월 만에 처음 만난 방문자입니다. 6개월마다
식량을 보급받거든요. 중위가 올 때도 있고. 대위가 올 때도 있
습니다."

우리는 여전히 어안이 벙벙했다. 다카르에는 점심식사가 준
비 중일 텐데 2시간 남짓한 거리에서 연결봉 고장으로 목적
지를 바꿔야 했던 것이다. 그랬더니 울고 있는 늙은 중사 곁에
등장한 유령 역할을 하고 있다.

"아! 드십시오, 와인을 대접해 드릴 수 있어 기쁩니다! 생각
해 보세요! 대위가 왔을 때 그만 와인이 다 떨어졌거든요."

나는 이 일화를 어느 책에서 언급한 적이 있는데 그건 지어
낸 것이 아니었다.

"가장 최근에는 건배조차 못 했답니다……. 너무 부끄러워
서 전근 신청을 할 정도였지요."

건배라! 메하리 낙타*에서 막 뛰어내려 땀범벅인 타인과
건배하는 것! 그는 그 순간을 위해 6개월을 살았던 것이다.

---

* 북아프리카의 질주용 단봉낙타

그는 1달 전에 이미 무기들을 광이 나게 손질하고, 화물창고부터 다락까지 초소를 윤이 나도록 청소했다. 그러고는 축복받은 날의 도래를 직감하며 며칠 전부터 망루에서 아타르 이동소대가 등장할 때 일으킬 먼지라도 발견할 기세로 끈기 있게 지평선을 지켜보았다.

그런데 그만 와인이 떨어지고 말았다. 축제를 즐길 수도, 건배를 할 수 없었다. 그처럼 불명예스러운 일도 없었다…….

"그분이 어서 다시 왔으면 좋겠어요. 기다리고 있습니다……."

"그는 어디 있습니까, 중사님?"

그러자 중사는 사막을 보여주었다.

"모르죠, 대위는 어디에든 있으니까요."

초소 망루에서 별에 대해 이야기하며 보낸 그 밤도 실제로 겪은 것이다. 거기에는 지켜볼 다른 것이 존재하지 않았다. 비행기에서 바라볼 때와 같이 하늘을 가득 채운 별들이 제자리에서 알알이 빛나고 있었다.

비행기에서의 밤은 너무도 아름답다, 우리는 그저 모든 것이 흘러가게 놓아둔다. 조종간을 거의 잡지 않는다. 그러면 비행기는 점차 왼편으로 기울어진다. 오른쪽 날개 아래 마을이 보이면 우리는 여전히 수평 상태로 비행한다고 생각한다. 사막에 마을은 없는데. 그렇다면 바다 위의 고기잡이 배구나. 하지만 사하라 사막에 고기잡이 배가 있을 리 없다. 그러면? 그러면 우리는 착각한 걸 깨닫고 미소를 짓는다. 천천히 비행기의 수평을 맞춘다. 그런데 마을이 다시 자리를 잡는다. 우리가 떨어뜨린 별들을 다시 걸어 장식한다. 마을이라고? 그렇다. 별들의 마을이다. 그렇지만 초소 위에서 보면 그것은 움직임 없는 모래파도들, 얼어버린 사막일 뿐이다. 잘 걸린 별자리들. 그러면 중사가 별들에 대해 우리에게 이야기한다.

　"자자! 나는 방향을 아주 잘 압니다……. 저 별 방향으로 가면 바로 튀니스로 이어집니다!"

　"튀니스 출신입니까?"

　"아뇨, 내 사촌누이가 그쪽이오."

　그는 꽤 오랜 침묵을 지켰다. 하지만 중사는 우리에게 아무것도 감출 생각이 없었다.

　"언젠가 튀니스에 갈 겁니다."

　물론 저 별의 방향으로 곧장 직진해서 사막을 터벅터벅 걸어가진 않을 것이다. 탐험을 떠나는 날, 말라버린 우물이 그를 시적인 망상으로 이끄는 일만 없다면. 그렇게 되면 별과 사촌누이, 튀니스가 혼란스럽게 섞여 버릴 것이다. 그러면 모르는 사람들은 고통으로 여길, 중사의 영감 어린 행진이 시작될 테다.

"한번은 대위에게 튀니스로 휴가를 보내달라고 요청했습니다. 사촌누이 일이었죠. 그런데 그가 답하길……."

"그가 답하길요?"

"'세상에는 어디든 사촌누이가 있는 법이지.' 그러더니 멀지 않은 다카르로 나를 보냈습니다."

"당신 사촌누이는 아름다웠나요?"

"튀니스의 누이요? 그럼요. 금발이었죠."

"아뇨, 다카르의 사촌누이 말입니다."

중사, 우리는 조금은 분통 어리고 우울한 당신의 대답을 듣고 당신을 안아주고 싶었다오.

"그녀는 흑인이었죠……."

중사, 당신에게 사하라가 그런 의미였을까? 그것은 당신에게 영원히 다가오는 신이었지. 5,000킬로미터 밖 모래사막에 있는 금발의 사촌누이가 지닌 포근함이었어.

우리에게 사막은 무엇이었을까? 그것은 우리 내면으로부터 태어난 것이었다. 우리가 자신에 대해 배우는 것. 우리가 그 중사였어도 그날 밤, 사촌누이와 대위를 그리워했으리라…….

· 3 ·

불복종 지역의 경계에 위치한 포르에티엔은 도시가 아니다. 그곳에는 보루와 격납고, 우리 편의 군수품을 보관하는 목재 막사만 있다. 사방이 사막이라는 절대적 조건 덕에, 군사적 지원이 열악함에도 불구하고 포르에티엔은 난공불락의 요새였다. 무장습격대는 끝없이 펼쳐진 사막지대와 화염지대를 건너오느라 물이 다 떨어져 기진맥진해진 상태로 겨우 도착했다. 그럼에도 언제나 북쪽 어딘가에는 포르에티엔으로 진군하는 습격대가 있었다. 사령관은 우리 쪽으로 차를 마시러 오면 늘 지도를 펼치고서, 아름다운 공주의 전설을 들려주듯 습격대의 진군 흔적을 보여주었다. 그러나 물이 고갈되는 바람에 그들은 강물처럼 펼쳐진 사막에 도착하지 못했다. 우리는 그들을 유령 습격대라고 불렀다. 저녁마다 정부가 배급해준 수류탄과 탄창들은 궤짝에 든 그대로 우리 침대 발치에서 잠자고 있었다. 우리는 자신의 비참한 상황에 몰두하느라 오로지 침묵과 싸울 뿐이었다. 공항 책임자인 뤼카는 밤낮으로 축음기를 틀어두었다. 축음기에서 흘러나오는 음악은 삶에서 멀리 떨어져 반쯤 언어를 잊은 우리에게 말을 걸었고, 묘하게도 갈증에 가까운 대상 없는 우울을 자극했다.

그날 저녁 우리는 보루에서 저녁을 먹었는데, 사령관이 자신의 정원을 자랑했다. 실제로 그는 흙이 가득 든 궤짝 3개를 프랑스에서 공수했고, 4,000킬로미터를 건너 흙이 도착했다. 그 흙에서 초록 잎 세 개가 자라나 있었다. 우리는 그 나무들을 보석이라도 되는 듯이 손가락으로 쓰다듬었다. 사령관은 그 잎에 대해 이렇게 말했다.

"이게 내 정원이오."

모래바람이 불어와 모든 것을 바싹 말라버리려 하면 그는 정원을 지하실로 옮겼다.

우리는 보루에서 1킬로미터 떨어진 곳에 살았다. 저녁식사를 한 후 우리는 달빛을 받으며 집으로 돌아왔다. 달빛 아래 사막은 장밋빛으로 물들어 있었다. 우리는 비참함을 느꼈지만, 사막은 장밋빛이었다. 그때 보초의 외침이 세계에 비장함을 퍼트렸다. 사하라 전체가 우리의 그림자만 보고도 몸서리를 치며 우리에게 암호를 물었다. 습격대가 진군 중이었기 때문이다.

보초의 외침에 사막의 모든 소리들이 메아리친다. 사막은 이제 텅 빈 집이 아니다. 무어족의 카라반이 그 밤을 바짝 끌어당겼다.

우리는 자신이 안전하다고 믿고 있었으리라. 그러나! 질병, 사고, 습격대, 수많은 위협들이 사방에 있었다! 인간은 대지

위에 비밀스럽게 존재하는 사격수들의 목표물이었다. 세네갈인 보초가 예언자처럼 우리에게 이를 상기시킨다.

우리는 "프랑스인입니다!"라고 답하고, 검은 천사 앞을 지나간다. 비로소 숨을 편히 쉬며. 이러한 위협은 우리를 얼마나 고귀하게 만드는가……. 아! 그 위협은 그렇게도 멀리 있고, 시간을 다투지 않고, 어마어마한 모래에 무뎌져 버릴 것이다. 하지만 세계는 더 이상 전과 같지 않다. 사막은 다시금 웅장해진다. 어딘가에서 습격대가 진군 중이고, 결코 목표점에 도달하지 못할 그들로 인해 사막은 신성해진다.

지금은 밤 11시. 뤼카가 무전실에서 돌아오더니 내게 다카르발 비행기가 자정에 착륙한다고 알린다. 탑승 준비가 무리 없이 완료되었다. 0시 10분에 내 비행기로 우편물을 옮겨 실을 것이고, 북유럽을 향해 이륙할 것이다. 이 빠진 거울 앞에서서 나는 조심스럽게 면도를 한다. 수건을 목에 걸고 문까지 가서 헐벗은 사막을 바라보기도 한다. 날씨는 화창하다. 다만 바람이 잦아들었다. 나는 거울 앞으로 돌아온다. 잠시 몽상에 잠긴다. 바람이 몇 달째 잠잠했고, 바람이 잠잠하면 때때로 하늘 전체가 걷혔다. 이제 나는 장비를 다 갖췄다. 허리춤에 묶은 비상 램프, 고도계, 연필. 그리고 오늘밤 비행에서 무선을 맡아

줄 네리에게로 간다. 그도 역시 면도를 한다. 네리에게 묻는다.

"괜찮아?"

그 순간에는 다 좋았다. 사전의 이러한 모의가 비행의 가장 수월한 부분이다. 그런데 그때 지글거리는 잡음이, 잠자리가 내 램프에 부딪치는 소리가 들린다. 연유를 알 수 없지만 그 소리가 심장을 찌르는 것 같다.

나는 다시 밖으로 나와 쳐다본다. 모든 것이 청명하다. 비행장 끝의 낭떠러지가 하늘을 반으로 나누어 동이 트는 것처럼 보인다. 사막 위에 잘 정돈된 집의 침묵이 깔린다. 바로 그때 초록 나비 한 마리와 잠자리 두 마리가 내 램프에 부딪친다. 다시 한 번 나는 귀가 먹은 듯한 느낌에 빠진다. 아마도 기쁨 혹은 두려움 때문이리라. 그것은 내 안 깊은 곳으로부터, 아주 모호해서 겨우 자신의 존재를 알리고 있다. 누군가 멀리서 내게 말을 건다. 이건 본능인가?

나는 다시 밖으로 나간다. 바람은 완전히 잦아들었다. 날씨는 여전히 화창하다. 하지만 나는 어떤 경고를 받았다. 나는 내가 기다리고 있는 것이 무엇인지 짐작한다. 그리고 알아차렸다고 믿는다. 내가 맞는 걸까? 하늘도 사막도 나에게 어떤 징후를 보여주지는 않았으나 잠자리 두 마리가 내게 말해 주었다. 초록나비 한 마리도.

나는 모래언덕을 올라가 동쪽을 바라보며 자리에 앉았다.

내가 옳다면 '그것'은 그리 오래 지체하지 않을 것이다. 그 잠자리들은 내부의 오아시스로부터 수백 킬로미터 떨어진 이곳으로 와서 무얼 찾고 있었을까?

해변으로 밀려온 파편들은 태풍이 바다에서 활동 중임을 입증한다. 이 곤충들도 나에게 모래태풍, 그것도 동쪽으로부터 태풍이 진행 중임을 알려준다. 그 태풍이 먼 곳의 종려나무 숲으로부터 초록나비들을 휩쓸어 버렸다는 것도 알려준다. 포말이 이미 나에게 와서 닿았다. 그것은 증거이자 치명적인 위협으로서, 태풍을 담고 있다는 점에서 엄숙하게 경고했다. 동풍이 올라오고 있다고. 그 기미는 너무 희미해서 가벼운 숨결이 닿는 것 같았다. 나는 물결이 넘실거리는 곳 중 가장 먼 해변가에 있는 것이다. 내 뒤로 20미터 거리에는 들썩이는 지붕조차 없었다. 그 열기가 단 한 번 나를 둘러싸더니 죽어가는 듯이 희미하게 나를 어루만졌다. 하지만 나는 잘 알고 있다. 이어서 몇 초간 사하라 사막은 다시금 호흡을 가다듬고 두 번째 숨을 내쉬리라. 3분이 지나지 않아 우리 격납고의 통풍관이 요동칠 것이다. 10분이 지나지 않아 모래가 하늘을 가득 채울 것이다. 조금 있으면 우리는 이 불 속에서 사막의 불길이 치솟는 가운데 이륙할 것이다.

하지만 나를 요동하게 만든 것은 그것이 아니다. 야성의 기쁨으로 나를 가득 채운 것은 말로 다 하지 않고도 비밀스러운 언어를 내가 알아차렸다는 점이다. 원주민처럼 희미한 웅성거림으로도 모든 미래가 알려주는 것들을 알아챘다는 것이고, 잠자리의 날갯짓만으로도 이 분노를 읽어냈다는 점이다.

· 4 ·

우리는 그곳에서 정복되지 않은 무어족과 접촉했다. 그들은 금지된 구역 깊숙한 곳으로부터 튀어나왔다. 우리는 비행하면서 그 구역을 건너다니곤 했다. 그들은 설탕 든 빵이나 차를 구입하려고 쥐비 초소나 시스네로스 초소로 위험을 무릅쓰고 다니던 참이었고, 그러고 나면 신비한 자신들의 세계로 더 깊이 들어갔다. 우리는 그들이 지나갈 때 몇몇을 우리 편으로 끌어들이려고 노력했다.

영향력 있는 족장일 경우, 그들에게 세계를 구경시켜주기 위해서 항공사 윗선의 허락을 받고 종종 비행기에 태워 주었다. 그들의 오만함을 꺾을 필요가 있었다. 그들이 포로를 죽이는 것은 증오가 아니라 경멸 때문이었다. 우리가 그들을 초소 가장자리에서 마주치면 그들은 욕설조차 내뱉지 않았다. 그들은 우리를 돌아서 가거나 침을 뱉고 지나갔다. 그러한 오만은 자신의 힘에 대한 환상에서 나왔다. 그중 얼마나 많은 이들이

300개의 소총으로 무장한 군대를 전시 상태로 만든 뒤 이렇게 말했던가.

"당신들은 아주 운이 좋군. 프랑스는 여기서 100일을 넘게 걸어가야 하는 곳에 있으니까……."

우리는 비행기로 그들을 이동시켜 주었고, 세 명이 미지의 나라 프랑스를 방문했다. 그들은 나와 함께 세네갈에 가서 나무를 발견하고 눈물을 흘린 바로 그 종족 사람들이었다.

그들의 천막 아래서 우리가 재회했을 때 그들은 벌거벗은 여인들이 꽃 가운데 춤을 추는 뮤직홀을 칭찬했다. 그 사람들은 나무 한 그루도 샘도 장미도 본 적이 없었고, 코란에서 천국이라고 부르는 개울이 흐르는 정원의 존재만 알고 있었다. 그들은 30년간 비참하게 산 후 배신자의 총알 한 방에 모래사막에서 쓰디쓴 죽음을 맞고 나서야 그 천국과 포로가 된 미녀들을 얻을 수 있었다. 하지만 신은 그들을 속였다. 신은 모든 보석이 허락된 프랑스인에게 갈증의 대가도, 죽음의 대가도 요구하지 않는다. 그런 이유로 늙은 족장들은 생각에 잠긴다. 그런 이유로 그들은 천막 주변에 황폐하게 펼쳐진 사하라가 자신들이 죽을 때까지 하찮은 쾌락만 허락할 것을 생각하면서 속내를 꺼내놓는다.

"이보게…… 프랑스인의 신은…… 무어족의 신이 무어족에게 하는 것보다 훨씬 관대하군!"

몇 주 앞서서 우리는 그들을 태우고 사부아 지역에 갔다. 가이드가 그들을 웅장한 폭포 건너편으로 데려갔는데 폭포는 으르렁거리는 기둥으로 엮은 것 같았다.

"드셔 보세요."

가이드가 그들에게 권했다.

단 맛이 나는 물이었다. 물! 이곳에서는 가장 가까운 우물까지 가려면 며칠을 걸어야 하는데! 우물을 발견하더라도 낙타 오줌이 섞인 진흙탕 물이 나오기까지 몇 시간을 파들어가야 하는데! 물이라니! 쥐비곶, 시스네로스, 포르에티엔에서 무어족 아이들은 돈을 구걸하지 않지만, 손에 깡통을 쥔 채 물을 구걸한다.

"물 좀 주세요, 제발……."

"얌전히 굴면 주겠다."

그들에게 물은 금의 가치를 지녔다. 물 한 방울은 사막에서 초록식물의 싹을 틔운다. 어디선가 비가 내리면 사하라에서는 시끌벅적한 대이동이 펼쳐진다. 부족들은 식물이 있는 곳까지 올라간다. 그 식물이 저 멀리 300킬로미터 떨어진 곳에서 자라고 있다고 할지라도 말이다……. 포르에티엔에서는 10년 전부터 비 한 방울 떨어지지 않아 어디서도 찾기 힘들었던 그 물이 이곳에서는 물탱크가 터져 온 세상 물이 퍼지듯이 요란하게 흘러넘쳤다.

"다시 길을 나섭시다."

가이드가 그들에게 말했다.

 하지만 그들은 움직이지 않았다.

"조금만 더 여기 머물게……"

그들은 입을 다물고 심각한 표정으로 조용히 이 장중한 신비에 참여하고 있었다. 산 중심부로부터 밖으로 흘러나오는 것은 생명이었고, 인간의 피 자체였다. 1초간 흐른 유량으로도 목이 타서 소금과 신기루로 만들어진 호수에 영원히 빠져들어 버린 카라반 전체를 부활시키리라. 신이 이곳에 현현했다. 그러므로 그에게서 등을 돌릴 수 없었다. 신이 수문을 열고 권능을 보여주었던 것이다. 무어인 셋은 꼼짝도 하지 않았다.

"더 보시려고요? 이제 가야……"

"기다립시다."

"뭘 기다려요?"

"마지막을."

그들은 신이 자신의 광기에 지칠 때까지 기다리고 싶어했다. 신은 곧바로 후회할 것이다. 그는 인색하므로.

"이 물은 천 년 전부터 흐르고 있는데요!"

그날 저녁 그들은 그 폭포에서 고집을 부리지 않았다. 어떤 기적 앞에서는 입을 다무는 편이 낫다. 너무 생각에 골몰하지 않는 편이 낫다. 그렇지 않으면 우리는 아무것도 이해할 수 없을 것이다. 그렇지 않으면 우리는 신을 의심할 것이고…….

"프랑스인의 신, 그것은…….'

그러나 나는 그들을, 나의 야만인 친구들을 잘 알았다. 그들은 자신의 신념이 뿌리째 흔들리자 당황했고, 거의 항복하기라도 할 것 같았다. 그들은 프랑스인 관리에게 보급 식량으로 보리를 받고, 사하라 군대가 그들의 안전을 보장해 주기를 꿈꿨다. 일단 항복만 하면 물질적으로 크게 이득을 얻게 되리라는 건 명백하니까.

그런데 그들은 셋 다 트라르자의 수장인 엘 맘문과 피를 나눈 사이였다(그의 이름은 틀릴 수도 있다).

나는 엘 맘문을 우리의 부하였을 때부터 알았다. 그는 우리를 위해 일한 덕에 공식적인 명예를 얻었고 총독으로부터 부를 얻었다. 그는 부족들의 존경을 받았으며 눈에 보이는 물질적 결핍은 전혀 없어 보였다. 그러나 어느 밤, 그는 아무런 예고도 없이 사막에서 동행하던 장교들을 학살한 다음, 낙타들과 소총들을 가로채 저항하는 부족에게 합류했다.

후에 사막에서 추방될 수장의 이 갑작스러운 폭동, 영웅적인 동시에 절망적인 탈주는 배신행위로 불렸다. 아타르 이동부대의 탄막에 쏘아올린 불꽃처럼 이내 스러져갈 짧은 영광이었다. 사람들은 광란에 휩싸인 공격에 놀라워했다.

그러나 엘 맘문의 이야기는 수많은 다른 아랍인들의 이야기였다. 사람은 늙는다. 늙으면 생각도 많아진다. 어느 저녁 그는 자신이 이슬람의 신을 배신했음을, 그로부터 모든 걸 앗아갈 계약을 기독교인과 체결함으로써 자기 손을 더럽혔음을 발견한 것이다.

그런데 실제로 그에게 보리나 평화가 무엇이 중요하단 말인가? 전락한 전사이자 목자인 그는 사하라에서 살았던 시간을 떠올린다. 사막의 주름마다 위협들이 가득 숨어 있던 곳, 한밤중에 침입한 야영지에서 불침번과 맞닥뜨린 곳, 모닥불을 피워놓고 적들의 동태에 관해 들으며 가슴 두근거리던 곳. 인간이 한번 맛보면 결코 잊을 수 없는 난바다의 맛을 기억한다.

오늘날 그가 모든 영광이 사라진 평화로운 광야에서, 어떠한 영광도 없이 방황하고 있는 전말이다. 이제 사하라는 그에게 그저 사막에 불과하다.

그가 학살한 장교들을 그는 아마도 떠받들었을 것이다. 그러나 알라신에 대한 사랑이 우선이다.

"안녕히 주무십시오, 엘 맘문."

"신께서 자네를 보호하시기를!"

장교들은 담요 속에 몸을 말고 뗏목에 누워 별을 마주하듯이 모래사막에 몸을 길게 뉘였다. 이제 모든 별들이 천천히 돌며, 온 천체가 시간이라는 자국을 남긴다. 달이 모래사막으로 몸을 기울였고 지혜의 신에 의해 무의 세계로 되돌아온다. 기독교인들은 이내 잠에 빠져들 것이다. 이제 몇 분이 흐르고 별빛만이 반짝일 것이다. 쇠락한 부족들이 지나간 영광을 회복하려면, 그리하여 모래사막을 비추어 주는 이러한 추격이 재개되려면, 죽은 듯 잠든 이 기독교인들이 내뱉는 희미한 비명이면 충분할 것이다……. 몇 초가 더 흐르면 돌이킬 수 없는 한 세계가 탄생할 것이다.

잠들어 있던 훌륭한 중위들은 그렇게 학살되었다.

· 5 ·

오늘 나는 쥐비에서 케말과 그의 형제 무얀의 초대를 받아 그들의 천막 아래서 차를 마신다. 무얀은 침묵하며 나를 쳐다본다. 입술 위까지 푸른 베일을 두른 채 드러나게 신중한 태도를 고수한다. 케말만 내게 말을 걸며 환대해 준다.

"나의 천막, 낙타, 여자, 노예, 전부 다 자네 거라네."

무얀은 줄곧 내게서 시선을 떼지 않고 그의 형제 쪽으로 몸을 기울인 채 몇 마디 던지고는 다시 침묵 속으로 돌아간다.

"그가 뭐라고 한 거지?"

"'보나푸가 르게이바에 있는 낙타 천 마리를 훔쳤다'는군."

아타르 기동부대에서 메하리 낙타를 모는 장교 보나푸 대위를 나는 모른다. 하지만 무어족 사이에 퍼져 있던 그의 대단한 전설은 알고 있다. 무어족들은 보나푸에 대해 분노에 차서 말하면서도, 어쩐지 그가 일종의 신이라도 되는 것처럼 굴었다. 그의 존재가 사막에 평화를 가져다준다. 그는 오늘날 여전히 출몰하고 있으며, 남쪽으로 진군하던 반군 뒤에 숨어 있다가 아무도 알 수 없는 방법으로 수백 마리 낙타를 훔쳤다. 습격대는 그들이 안전하다고 믿고 있던 보물을 지키기 위해 낙타의 행로를 반대 방향으로 억지로 바꾸었다. 보나푸는 대천사처럼 나타나 아타르 기동부대를 구하고서, 높은 석회암 고원에 그들의 야영지를 꾸렸다. 그는 놓쳐서는 안 될 담보물이라도 있는 듯 줄곧 거기 머물렀고, 그의 기세로 부족들은 그의 검을 향해 진군을 시작할 수밖에 없었다.

무안이 잠자코 나를 쳐다보더니 뭐라고 말을 한다.

"그가 뭐라고 했지?"

"'우리 습격단은 내일 보나푸에게 맞서기 위해 떠난다. 소총 300자루를 가지고'라고 했어."

나는 몇 가지를 추측할 수 있었다. 사흘 전부터 사람들이 낙타를 우물에 데려오고, 집회가 열리고 흥분한 기운이 감돌았다. 보이지 않는 범선의 출항 준비라도 하는 것처럼 보였다. 범선을 밀어줄 바닷바람이 이미 움직이기 시작했다. 보나푸로 인해 남쪽으로 향한 모든 발걸음은 영광이 깃든 풍성한 발걸음이 된다. 그러한 출발에 증오가 깃든 것인지 사랑이 깃든 것인지 나는 더 이상 판단할 수 없다.

암살할 정도로 멋진 적을 갖는 일은 분에 넘치는 일이다. 그가 출몰한 곳에서 가까운 부족들은 천막을 걷고 낙타를 한곳에 모으며 서로 마주칠까 봐 떨면서 도망간다. 하지만 멀리 있는 부족들은 사랑에 빠진 듯한 도취에 젖어 있다. 천막의 평화, 여인들의 포옹, 행복한 수면을 전부 빼앗기고서 그들은 발견하는 것이다. 남쪽을 향한 고된 두 달간의 진군, 작열하는 갈증, 모래바람 아래 웅크린 지구전을 거치고 나면, 기습적으로 새벽에 아타르 기동부대와 마주쳐서 신이 허락한다면 보나푸 대위를 암살하는 것보다 더 값진 일이 없다는 것을 말이다.

"보나푸는 강해."

케말이 내게 고백한다.

나는 이제야 그들의 비밀을 알게 된다. 한 여자를 애타게 갈망하던 남자들이 그녀가 무심한 걸음으로 거니는 산책을 기다리다가, 꿈까지 따라오는 그 무심한 산책에 상처받고 몸이 달아 밤새도록 뒤척이는 것처럼, 먼 곳에서 들려오는 보나푸의 발걸음이 그들을 고통스럽게 만드는 것이다. 무어족 복장을 한 이 기독교인은 자신에 맞선 습격대를 피해 200명의 무어족 해적들의 선두에서 저항하는 땅에 침투했고, 그곳에서

는 그의 졸개라 할지라도 프랑스의 구속에서 해방되고 노예
상태에서 각성할 것이며 신의 돌 제단에 자신을 바칠 수도 있
다. 유일하게 신의 위엄만이 그들을 휘감고 그의 약함조차 그
들을 공포에 떨게 한다. 그날 밤 모두가 거친 잠을 자는 동안
보나푸는 무심히 지나다니고, 그의 발소리는 사막의 심장부
까지 울린다.

무얀은 천막 깊숙한 곳에 미동도 없이 여전히 생각에 잠겨
있다. 푸른 화강암으로 만든 저부조 작품 같다. 그의 눈만이 번
득인다. 그가 찬 은 단검은 이제 장난감이 아니다. 습격대에 가
담한 이후로 그는 완전히 변했다! 그는 전에 없이 자신의 고귀
함을 느끼고, 경멸의 감정으로 나를 짓눌러 으스러뜨린다. 새
벽이 되면 그는 보나푸에 맞서기 위해 출동할 것이며, 사랑과
동일한 속성을 가진 증오에 휩싸여 진군을 시작할 것이다.

그는 다시 한 번 자기 형제에게 몸을 기울여 낮게 이야기한
후 나를 쳐다본다.

"그가 뭐라고 했지?"

"요새로부터 먼 곳에서 자네를 만나면 발포해 버리겠다는
군."

"무슨 이유로?"

"'너에게는 비행기와 무전기가 있다, 너에게는 보나푸가 있
다. 그런데 너에게 진리는 없다'고 하네."

푸른 베일로 얼굴을 감춘 무얀은 석고상의 주름처럼 미동도 없이 나를 판단한다.

"무얀이 말하길 '너는 염소처럼 풀을 먹고 돼지처럼 돼지고기를 먹는다. 너희 나라의 여자들은 부끄러움도 모르고 얼굴을 드러내고 다닌다. 그들을 본 적이 있다. 너는 기도를 하지 않는다. 진리가 없는데 너의 비행기와 무전기, 너의 보나푸가 무슨 소용인가?'"

나는 자신의 자유를 수호하지 않는 이 무어인에게 감탄한다. 언제나 자유로운 사막에서는 눈에 보이는 보석을 지키려 하지 않는 법이다. 벌거벗은 사막에서는 비밀에 싸인 왕국을 옹호한다. 모래 물결이 잠잠한 가운데 보나푸는 늙은 해적처럼 그의 기동부대를 이끌고 다니며, 그 덕분에 쥐비곶의 야영지는 더 이상 한가한 목자들의 집이 아니게 된다. 보나푸라는 폭풍이 몰려오자 그의 옆구리는 공포에 눌려 밤마다 천막을 단속했다. 남쪽에 깃든 침묵은 가히 위협적이었다. 보나푸의 침묵이기 때문이다! 그런데 연륜 있는 사냥꾼인 무얀은 바람결에 진군하는 그의 발소리를 듣고 있는 것이다.

보나푸가 프랑스로 돌아가면 적들은 기뻐하기는커녕 곡을 할 것이다. 그의 출발이 그들의 중심인 사막을 앗아가 버린 듯이, 아주 조금 남은 위엄을 그들의 존재로부터 앗아가 버린 듯이 말이다. 그래서 그들은 말할 것이다.

"자네의 보나푸는 왜 가 버렸는가?"

"나도 모른다네……."

그는 자신의 운명을 그들의 운명에 걸었다. 몇 년 동안이나. 그는 그들의 규칙을 자신의 규칙으로 삼았다. 그는 그들의 돌에 머리를 누인 채 잠을 잤다. 끝나지 않는 추적의 시간 동안 그는 성경에 나오는 별과 바람으로 만들어진 밤들을 몸소 겪었다. 그는 스스로 떠나버림으로써 그가 벌인 도박이 중요하지 않다는 것을 보여주었다. 그는 거침없이 도박판을 떠났다. 그러자 홀로 남겨진 무어인들은 삶의 의미에 대한 확신을 잃었다. 사람에게 살을 내어주기까지 얽매이지 말라는 의미를 알면서도 그들은 보나푸를 믿고 싶어 한다.

"당신의 보나푸는 돌아올 것이다."

"그건 모르겠어."

무어인들은 그가 돌아오리라고 생각한다. 유럽의 도박은 그를 만족시킬 수 없을 테니까. 수비대에서 하는 브리지게임도, 승진도, 여자들도 그를 만족시킬 수 없을 것이다. 잃어버린 자신의 고귀함을 깨달으면 그는 돌아오리라. 매 걸음이 사랑을 향해 나아가는 발걸음처럼 심장을 뛰게 하는 이곳으로. 이곳에는 모험뿐이니 프랑스에서 본질을 찾겠다고 생각했을지도 모른다. 그러나 그가 소유했던 진정한 부유함은 이 사막에서의 모래, 밤, 침묵, 바람, 별의 위엄뿐이었음을 환멸 가운데 깨 달으리라. 언젠가 보나푸가 돌아온다면 그 소식은 하룻밤이 면 정복되지 않은 땅 전체에 퍼질 것이다. 사하라 어디에선가, 200명의 해적 가운데 그가 자고 있음을 무어인들은 알 것이 다. 그러면 그들은 침묵 속에서 메하리 낙타를 타고 우물로 갈 것이다. 보리를 비축하려고 준비할 것이다. 총대의 노리쇠를 확인할 것이다. 그 증오 혹은 사랑이 그들을 몰고 갈 것이다.

· 6 ·

"마라케시행 비행기에 절 좀 숨겨 주세요……."

쥐비에는 매일 저녁 내게 간청하는 무어인 노예가 있었다. 그는 살아남기 위한 노력을 다한 뒤 무릎을 꿇은 채로 앉아 내 차를 준비했다. 그렇게 그는 하루를 평온히 보냈다. 자신을 치 료할 유일한 의사에게 제 몸을 맡기고, 자신을 구원해줄 유일 한 신에게 간구했다고 믿으면서. 그러고 나서 그는 주전자 쪽 으로 몸을 기울인 채, 자기 인생의 소박한 장면들, 마라케시의 검은 대륙, 장밋빛 집들, 빼앗긴 최소한의 재산을 떠올려 보았 다. 그는 내 침묵을 원망하지 않았고 내가 그의 목숨을 늦게 구해 주는 것도 원망하지 않았다. 나는 그와 비슷한 사람이 아니라, 앞으로 나아갈 힘이자 순풍과 같은 특별한 존재, 그의 운명에 볕이 들게 해줄 사람이라 믿었기 때문이다.

그러나 나는 쉬비곳에 몇 달만 머무르는 항공기 기장이자 조종사에 불과했다. 재산이라고는 스페인 요새에 세워진 막사와 세면대, 소금물이 든 물병, 작은 침대밖에 없는 처지인 내가 스스로의 힘에 대해 환상을 갖기는 힘들었다.

"바르크 영감, 한번 지켜보세……."

모든 노예들은 바르크라고 불렸다. 그러므로 그도 바르크였다. 포로로 잡힌 지 4년이 되었지만 그는 여전히 체념하지 않았다. 자신이 왕처럼 살던 시절을 기억하고 있었다.

"마라케시에서 뭘 했었나, 바르크?"

마라케시에는 아내와 세 아이들이 여전히 살고 있을 것이며, 자신은 멋진 직업을 갖고 있었노라고 했다.

"저는 가축을 모는 몰이꾼이었습니다. 이름은 무함마드였고요!"

그곳의 지방관들이 그를 불렀다.

"소들을 팔아야겠네, 무함마드. 산에 가서 소를 데려오게."

혹은 이렇게 말했다.

"평야에 양 천 마리가 있을 거야. 방목장으로 좀 데려다 놓게."

그러면 마르크는 올리브나무 지팡이를 들고 가축의 대이동을 감독하곤 했다. 양 떼의 유일한 책임자인 그는 출산을 앞둔 양을 위해 너무 빠른 양의 속도는 늦추고, 꾸물거리는 양들은 재촉하며 걸었다. 모든 양이 그를 믿고 복종했다. 양들이 어느 풍요로운 땅으로 올라가는지 아는 사람도, 별을 보며 길을 찾을 줄 아는 사람도 그가 유일했다. 양들과 공유할 수 없는 지식을 넉넉히 알고 있던 그는 휴식시간과 목을 축일 샘터를 지혜롭게 홀로 결정했다. 무지하고 약한 수많은 양들을 사랑하는 의사이자 예언자이자 왕인 그는 밤이 되면 무릎까지 양들에게 둘러싸여 그들을 위해 기도했다.

어느 날, 아랍인들이 그에게 접근했다.

"우리와 함께 가서 남쪽에 있는 가축들을 좀 찾아 주시오."

그들은 그를 오래도록 걷게 했다. 사흘이 흐른 후 그가 산속 깊숙이 있는 움푹 팬 도로에 도착했을 때 그곳은 정복되지 않은 땅의 경계였다. 그들은 그의 어깨에 손을 얹으며 바르크라고 부르고서 그를 팔아넘겼다.

나는 다른 노예들도 알고 있었다. 거의 매일 천막으로 차를 마시러 갔던 것이다. 나는 신발을 벗고 유목민들의 사치품인 양털 카페트에 몸을 길게 누인 채 몇 시간은 나의 쉼터가 될 그곳에서 그날의 비행을 돌아보며 여유를 만끽했다. 사막에서 우리는 시간의 흐름을 몸으로 체감한다. 작열하는 태양 아래서 시간은 저녁을 향해 흐르고, 선선한 바람이 불어와 팔다리를 적시면 모든 땀이 씻겨내려 갔다. 작열하는 태양 아래에서는 죽음을 피하기 위해 짐승이든 사람이든 커다란 식수대로 간다. 한가로움은 결코 헛된 것이 아니다. 하루하루가 바다로 나 있는 길처럼 아름답게 보인다.

나는 이 노예들을 알고 있었다. 그들이 천막 아래로 들어오는 순간은 주인이 보물상자에서 향로나 주전자나 컵을 꺼낼 때다. 그 상자는 신기한 물건들, 열쇠 없는 식기상자, 꽃 없는 꽃병, 서푼짜리 거울들, 오래된 무기들로 가득 차 있다. 사막 한가운데에 좌초된 난파선의 찌꺼기처럼 보인다.

노예는 묵묵히 마른 잔가지로 향로를 청소하고, 입김을 불어 불씨를 살리고, 주전자를 채우고, 아가씨들이 하면 될 정도의 일에 삼나무 뿌리를 뽑을 정도의 근육을 쓴다. 그는 고요하다. 그는 차 만들기, 낙타 관리하기, 식사 준비하기라는 놀이에 사로잡혀 있다. 대낮의 열기 아래에서는 밤을 향해 걸어가고, 벌거벗은 별들의 냉기 아래에서는 낮의 온기를 갈망하면서. 여름엔 눈의 전설, 겨울엔 태양의 전설을 이야기하는 계절이 여럿인 북쪽지방은 행복할 것이다. 한증막처럼 찌는 더위가 거의 변하지 않는 열대지방 사람들은 불행할 것이다. 하지만 사하라 역시 소박하게 균형을 이룬 낮과 밤이 사람들이 쉽게 새로운 희망을 꿈꾸게 한다는 점에서 행복한 곳이다.

때로 흑인 노예가 문 앞에서 웅크린 채로 저녁 바람을 만끽할 때가 있다. 이 포로의 짓눌린 육체는 이제 추억을 떠올리지 못한다. 그는 가까스로 유괴된 시간, 구타와 비명, 자신을 현재의 밤으로 곤두박질치게 한 남자의 팔들을 떠올릴 것이다. 그는 그 시간 이후로 기이한 잠 속에 틀어박힌다. 앞을 못 보는 사람처럼 세네갈의 느린 강들이나 남모로코의 흰색 도시들이 그에게서 사라졌고, 귀가 들리지 않는 사람처럼 익숙한 목소리들도 빼앗겼다. 그날 저녁 그는 불행한 게 아니다. 불구가 된 것이다. 어느 날 갑자기 유목민의 삶으로 떨어져, 유목민들과 함께 이동하고 사막에서 별들을 그리며 평생 살게 된 그가 과거와 집, 아내와 아이들과 어떤 공통점을 가질 수 있을까? 그들은 그에게 있어 죽은 것이나 다름없지 않을까.

오래도록 위대한 사랑을 경험했다가 그걸 빼앗긴 사람들은 이따금 자신의 고독한 고귀함에 싫증을 느낀다. 그들은 평범하게 인생과 무난한 사랑에 다가가고 거기서 행복을 만들어낸다. 그들은 단념하는 일, 스스로 노예근성에 맞게 사는 일, 모든 게 평온하게 돌아가는 상태를 편안하게 여겼다. 이제 노예는 주인을 위해 불을 지피며 자긍심을 느낀다.

"자, 이걸 마시게."

가끔씩 주인이 노예에게 말한다.

주인이 노예에게 관대해지는 순간이다. 온갖 피로와 폭염이 물러가고 서늘한 기운이 시작되었기 때문이다. 노예에겐 차한 잔이 허용된다. 인정에 감동한 노예는 차 한 잔을 받고는 주인의 무릎에 입을 맞췄다. 노예는 사슬로 묶을 필요가 없었다. 그는 사슬이 필요 없는 인간인 것이다! 그는 얼마나 충성스러운가! 그는 현명하게도 자기 안의 왕위를 빼앗긴 흑인 왕을 거부하니, 그저 행복한 노예에 지나지 않는 것이다!

그러나 미래의 언젠가 그는 놓여날 것이다. 너무 노쇠해 가치가 없어지고 음식이나 의복이 아까워지면 사람들은 그에게 제한된 자유를 허용할 것이다. 사흘 동안 그는 천막들을 전전하며 헛되이 자기를 써달라고 할 것이고 나날이 쇠약해지다가, 사흘째 되는 날이 저물 때쯤 언제나 그렇듯 현명하게 모래 사막 위에 몸을 누일 것이다. 나는 쥐비에서 그렇게 헐벗은 채 죽어가는 노예를 본 적이 있었다. 무어족들은 그들의 긴 고통을 가까이에서 지켜보지만 비정한 마음은 품지 않았다. 무어족 꼬마들이 까맣게 변해가는 노예 곁에서 놀았고, 동이 틀 때마다 아이들은 그가 여전히 움직이는지 놀이 삼아 보러 달려가곤 했다. 그래도 늙은 하인을 비웃지는 않았다. 그것은 자연의 순리에 속한 일이었다. 마치 사람들은 이렇게 이야기하는 듯했다.

"당신은 그동안 훌륭히 일했으니 잠들 권리가 있다. 안식에 들어가길."

줄곧 누워 있던 노예는 어지러움 섞인 허기를 느꼈으나 유일하게 그를 고통스럽게 만드는 부당함은 느끼지 않았다. 그는 천천히 대지에 섞여들었다. 태양이 그의 몸을 말리자 대지가 그를 받아주었다. 30년간 일을 한 끝에 잠을 자고 대지에 돌아갈 권리를 얻었다.

내가 처음으로 마주한 죽어가던 노예는 신음을 내지 않았다. 신음을 내뱉을 정도로 앙금을 갖고 있지 않아서 그랬으리라. 일종의 모호한 체념을 느낀 게 아닐까 추측해 본다. 그것은 산골주민이 길을 잃고서 온갖 애를 쓴 끝에 결국 눈 속에 몸을 누이고 자신의 꿈과 눈으로 몸을 감쌀 때 느끼는 체념이었다. 내 마음을 아프게 한 것은 그의 고통이 아니었다. 그가 그렇게 고통스러웠다고 생각하지 않는다. 한 사람이 죽을 때 미지의 한 세계가 죽음을 맞이한다.

그 사람 안에서 빛을 잃어가던 것이 어떤 이미지들이었을지 나는 궁금했다. 세네갈의 어떤 농장들, 모로코 남부의 어떤 흰색 도시들이 서서히 망각 속으로 빠져들어 갔을지. 이 검은 육체 안에서 단순히 불행한 근심거리들이나, 차를 준비하고 우물로 가축을 모는 일이 꺼져가는 것인지, 혹은 노예의 영혼이 잠드는 것인지 혹은 기억들이 다시 떠오르면서 인간이 자신의 위대함 속에서 죽어가는 것인지 나는 알 수 없었다. 단단한 두개골 뼈는 내가 보기에 보물들이 실린 낡은 상자와도 같왔다. 어떤 빛깔의 비단, 어떤 축제의 장면들, 어떤 자취들이 이곳에서는 그토록 낡아빠졌는지 이 사막에선 그토록 쓸모없었으며 그곳에 좌초되어 난파되었는지 나로서는 알 수 없었다. 그 보물상자는 열쇠가 채워진 채 묵직하게 그곳에 있었다. 마지막 며칠간 헤아릴 수 없는 잠을 자는 동안 인간 속에서, 서서히 밤과 근원으로 되돌아가던 인간의 의식과 육체 속에서 세계의 어떤 부분이 해체되는지 나는 알지 못했다.

"나는 몰이꾼이었고, 이름은 무함마드였습니다⋯⋯."

흑인 노예 바르크는 내가 알고 있는 노예 가운데 처음으로 저항한 사람이다. 무어족들이 그의 자유를 범했고, 하루 만에 신생아보다 더 헐벗고 땅에 구르게 만들었으나 그건 아무것도 아니었다. 한 사람이 일생 거둔 수확물을 1시간 안에 쓸어버리는 신의 폭풍 같았다. 무어족들은 그의 재산을 건드린 것보다 더 심각하게 그의 개성을 위협했다. 그런데 바르크는 포기하지 않았다. 다른 수많은 노예들은 자기 안의 불쌍한 가축몰이꾼을 죽어가게 두고, 대신 밥을 먹기 위해 평생 괴로운 일을 했음에도 불구하고 말이다!

대부분은 기다리다 지쳐 평범한 행복에 적응했지만 바르크는 속박에 적응하지 않았다. 그는 주인이 베푸는 친절에서 노예의 기쁨을 찾으려 하지 않았다. 그는 이 집에 부재한 무함마드에게 그의 가슴 속에 살았던 무함마드를 간직하게 했다. 이

집은 슬프게도 텅 비어 있지만 어떤 것도 깃들지 못했으리라. 바르크는 정원의 잡초들과 침묵의 지루함 가운데 충성심이 말라버린 백발의 문지기와 닮아갔다.

그는 "나는 무함마드 벤 라우생입니다"라고 말하지 않았고, "내 이름은 무함마드였습니다"라고 했다. 자신의 잊힌 신분이 회복될 날을 꿈꾸었고, 그 유일한 부활을 통해 노예의 외관을 쫓아내던 사람이었다. 가끔씩 밤의 침묵 가운데 그의 추억들이 일제히 몰려와 어린 시절의 노래에 흠뻑 잠기기도 했다.

"한밤중에 무어족 통역사가 우리에게 말했소. 한밤중에 그가 마라케시에 대해 이야기했고, 그는 눈물을 흘렸소."

다른 사람이 그 안에서 예고도 없이 깨어났고, 그의 팔다리를 늘렸고, 어떤 여자도 다가오지 않았던 이 사막에서 자기 옆구리에 여자가 있는지 찾았다. 바르크는 샘물이 졸졸 노래하는 걸 듣고 있었다. 그곳에는 어떤 샘도 흐르지 않는데 말이다. 그는 매일 밤 같은 별 아래 앉아서 눈을 감은 채 자신이 흰 집에 살고 있다고 생각했다. 실제로는 거친 모직물을 얼기설기 덮은 집에 살았고 그 천들이 종종 바람에 날아갔음에도 말이다. 그들이 꿈꾸던 핵심에 바로 가닿기라도 한 듯이, 그는 알수 없는 활기를 띤 오랜 애정을 간직한 채 나에게 왔다. 그는 자신은 준비가 되었으며, 필요한 사랑도 전부 갖고 있고 그걸 나눠주기 위해서는 집으로 돌아가는 것 외엔 방법이 없다고 내게 말하고 싶어 했다. 내가 주는 신호 한 번이면 충분하다고. 바르크는 미소를 지으면서 뭔가를 알려주었는데 내가 여태껏 한 번도 생각한 적이 없는 것이었다.

"내일 우편기에…… 아가디르행 비행기에 나를 숨겨 주세요."

"가련한 바르크 노인!"

그도 그럴 것이 우리는 정복되지 않은 종족의 땅에 살고 있었다. 우리가 어떻게 그가 도망치도록 도울 수 있겠는가? 다음 날이면 무어족들은 틀림없이 무자비하게 비행을 망치고 욕설을 퍼부으며 복수를 감행할 것이다. 나는 기항지 정비사인 로베르귀, 마르샬, 아브그랄의 도움을 받아 돈을 주고 바르크를 사려고 시도했지만 무어족들은 늘 노예를 찾는 유럽인들을 만나주지 않았다. 그들은 노예들을 이용해 한몫 챙기려 한다.

"2천 프랑이요."

"우릴 물 먹이려는 겁니까?"

"이 놈 팔뚝 좀 보세요……."

그렇게 몇 달이 흘렀다.

결국 무어족들이 요구 수준을 낮추자, 내가 편지를 써서 도움을 청한 프랑스 친구들 덕분에 나는 바르크 영감을 데려올 준비를 갖추었다.

원만하게 진행된 협상이었다. 협상에는 8일이 걸렸다. 모래 위에 둥글게 앉아서 협상을 진행했는데 무어족 15명과 내가 참여했다. 노예 주인의 친구이자 내 친구인 진 울드 라타리 그리고 나를 비밀리에 도와줄 사기꾼 한 명도 있었다. 나는 그가 내게 미리 알려준 대로 말했다.

"그자를 팔아요, 안 팔아도 당신은 그를 곧 잃을 거요. 병자거든. 병증이 아직은 드러나지 않았지만 이미 안에서 진행되고 있소. 어느 날 갑자기 몸이 부풀어 오르겠지. 프랑스인들에게 빨리 팔아 버려요."

나는 또 다른 야바위꾼 라기에게 이 구매가 완료되도록 도와주면 수수료를 떼어 주겠다고 약속했다. 라기는 노예 주인을 꼬드겼다.

"은화를 받고 낙타와 소총, 탄알까지 사시오. 그러면 당신은 습격대를 꾸려 프랑스놈들과 전투를 치를 수도 있소. 그러고 나서 아타르에서 물오른 노예 서너 명을 데려오는 거요. 이 늙은 노예는 싸게 처분해요."

그렇게 그는 나에게 바르크를 팔았다. 나는 엿새 동안 우리 막사에 그를 가둬놓았다. 비행기에 오르기도 전에 밖에서 어슬렁거리다가는 무어족들이 그를 다시 포획해서 먼 곳에 데려가 되팔 수도 있기 때문이었다.

결국 나는 바르크를 노예 상태로부터 해방시켰다. 그것은 여전히 아름다운 의식으로 남아 있었다. 이슬람교 원로가 당도했고, 전 주인과 쥐비의 족장 이브라힘도 왔다. 과거엔 그저 나를 골탕 먹이려고 요새 벽에서 20미터만 떨어져 있어도 바르크의 목을 베고 말았을 이 세 명의 해적들이 열렬히 바르크를 포용하더니, 공식적인 문서에 서명했다.

"이제 자네는 우리 아들이야."

법에 따르면 그는 내 아들이기도 했다.

바르크는 자신의 아버지들 모두와 포용했다.

그는 떠나는 날까지 우리 막사에서 평온하게 갇혀 지냈다. 그는 하루에 스무 번도 더 수월한 여정에 대해 자기에게 방법을 설명해달라고 했다. 먼저 아가디르에 도착해 비행기에서 내리면 기항지에서 마라케시로 가는 시외버스 표를 사람들이 그에게 건네줄 것이다. 바르크는 자유인처럼 연기했다 마치 어린아이가 탐험가 놀이를 하듯이. 인생을 향한 여정, 이 시외버스, 군중들, 그가 만나게 될 도시들……

로베르그가 마르샬과 아브그랄을 대신해 나를 보러 왔다. 바르크가 비행기에서 내린 다음 기아로 허덕여서는 안 될 터였다. 그들은 그에게 주라며 1천 프랑을 내게 주었다. 바르크는 일을 찾을 수 있을 것이다.

나는 '적선을 하려고' 자선사업을 하는 노부인들을 떠올렸다. 그들은 20프랑을 내밀고 인정을 요구한다. 비행기 정비사인 로베르그, 마르샬, 아브그랄은 1천 프랑을 주면서도 적선을 하려거나 조금의 인정도 요구하지 않았다. 그들은 그 노부인들처럼 동정심으로 혹은 행운을 꿈꾸면서 행동하지 않았다. 그들은 그저 인간의 존엄성을 한 남자에게 돌려주는 데 손을 보탰던 것이다. 그들도 나처럼 너무 잘 알고 있었다. 귀환의 도취가 일단 지나가고 나면 바르크 앞에 가장 먼저 도달할 충실한 벗은 가난이 될 것임을, 그리고 그는 석 달도 되지 않아 철길 어디에선가 침목을 뽑느라 갖은 고생을 하게 될 것임을 말이다. 그는 우리와 함께 있던 사막에서보다 더 불행해질 수도 있었다. 하지만 그는 자신의 가족 사이에서 진정한 자신이 될 권리가 있었다.

"자, 바르크 영감, 가서 인간답게 살게나."

이륙 준비를 마친 비행기의 몸체가 진동했다. 바르크는 마지막으로 쥐비곶에 모인 침통한 인파 쪽으로 몸을 돌렸다. 비행기 앞에서 무어족 2백 명이 모여 있었다. 그들은 인생의 문 앞에선 노예가 어떤 얼굴을 할 것인지 보려고 와 있었다. 그들은 비행기가 조금 가다가 고장이라도 나면 그를 다시 데려갈 태세였다.

우리는 쉰 살 먹은 신생아에게 작별 인사를 하려고 눈치를 주었다. 세상의 위험에 몸을 내맡길 그를 보니 우리도 약간 걱정이 되었다.

"잘 가게, 바르크!"

"아닙니다."

"아니라니, 뭐가 말인가?"

"아닙니다. 나는 무함마드 벤 라우생입니다."

우리는 아랍인 압둘라 편으로 바르크의 소식을 마지막으로 들었다. 압둘라는 우리 요청에 따라 그를 아가디르에 데려다 주었다.

시외버스는 저녁에만 출발했는데 바르크는 하루를 마음대로 다녔다. 그는 일단 그 작은 마을에서 아무 말도 없이 꽤 오랜 시간을 서성거렸다. 압둘라는 그가 불안한 것 같아서 걱정스럽게 물었다.

"무슨 일이 있나?"

"아무것도……."

갑작스럽게 얻은 휴가 한복판에서 바르크는 여전히 자신의 부활을 실감하지 못했다. 그는 고요한 행복감을 느꼈으나 그 기분을 제외하면 어제의 바르크와 오늘의 바르크 사이에는 차이가 거의 없었다. 그렇지만 그는 이후로 동등하게, 다른 사람들과 태양을 공유했고, 아랍인 카페의 정자 아래에 앉을 권리를 누렸다. 그는 압둘라와 자신을 위해 차를 주문했다. 다른 사람을 위해서 그런 행동을 한 것은 처음이었다. 그의 힘이 그를 완전히 바꾸어 놓았어야 했다. 그런데 종업원은 태연하게 그에게 차를 따라주었다. 너무나 평범한 태도로. 그는 자신이 차를 따르는 행위가 한 자유로운 인간에게 자긍심을 주는 것임을 알지 못했다

"밖으로 나갑시다."

바르크가 말했다.

그들은 아가디르가 내려다보이는 카스바를 향해 올라갔다.

베르베르인 어린 무희들이 그들에게로 다가왔다. 그녀들은 무척이나 순하고 온화한 태도를 보였고, 바르크는 자신이 다시 태어난 것만 같았다. 그들은 그를 알지도 못하면서 인생에서 그를 환대해 준 것이다. 여자들은 그의 손을 잡고서 친절하게 차를 대접했지만 다른 사람에게는 그러지 않았다. 바르크는 자신의 부활에 대해 이야기하고 싶었다. 여자들은 부드럽게 미소 지었다. 그녀들은 기뻐하는 그를 보며 기뻐했다. 그는 그녀들을 놀라게 해주려고 덧붙였다.

"내 이름은 무함마드 벤 라우생입니다."

하지만 아무도 그 말에 놀라지 않았다. 사람은 다 이름이 있고, 아주 먼 나라에서 온 사람들도 많았던 것이다……

그는 다시 압둘라를 데리고 시내로 갔다. 바르크는 유대인

노점들 앞을 서성거렸고 바다를 바라보았고 자신이 어느 방향
으로든 마음대로 걸어다닐 수 있다는 걸, 자신이 자유롭다는
걸 생각하며 몽상에 잠겼다……. 하지만 그 자유는 그에게 쓰
라렸다. 자유로 인해 그는 특히 어떤 부분에서 세계와의 고리
가 결핍되었는지 발견했던 것이다.

그때 한 아이가 지나갔고 바르크는 아이의 뺨을 부드럽게
어루만졌다. 아이가 웃었다. 그 아이는 아부를 떨어야 하는 주
인의 아들이 아니었다. 바르크가 어루만질 수 있는 가냘픈 아
이였다. 그런데 그 아이가 웃고 있었다. 그 아이가 바르크를 각
성시켰다. 그는 자신을 향해 웃는 게 분명한 가냘픈 아이 덕분
에 자신이 이 땅에서 아주 조금 중요한 존재가 되었다고 생각
했다. 바르크는 무언가를 알아차리기 시작했고 이제 성큼성큼
걸었다.

"뭘 찾고 있나?"

압둘라가 물었다.

"아무것도요."

바르크가 대답했다.

하지만 그가 길모퉁이에서 놀고 있던 한 무리의 아이들과
부딪쳤을 때 그는 멈춰 섰다. 바로 이곳이었다. 그는 아이들
을 조용히 바라보았다. 그러고 나서 유대인 노점 쪽으로 멀어
지더니 양팔 가득 선물들을 갖고 돌아왔다. 압둘라가 짜증을

냈다.

"멍청이 같으니. 돈을 갖고 있어야지!"

하지만 바르크는 듣지 않았다. 그는 근엄하게 아이들 각자에게 신호를 보냈다. 그러자 아이들이 고사리 같은 손을 장난감과 팔찌와 금실을 수놓은 가죽신발 쪽으로 뻗었다. 아이들은 각자 보물을 챙기면 거칠게 도망쳤다.

아가디르의 다른 아이들도 이 소식을 듣고 그에게로 달려왔다. 바르크가 그들에게 금실 신발을 신겼다. 그러자 이번에는 이 풍문을 들은 아가디르 근처의 아이들이 일제히 소리를 지르며 이 검은 얼굴의 신이 있는 곳으로 올라왔다. 그들은 그의 낡은 옷에 달라붙어 자기 몫을 달라고 졸랐다. 바르크는 가진 돈을 다 써 버렸다.

압둘라는 그가 '기뻐서 죽을 지경'이라고 말했다. 하지만 내 생각에 바르크가 그렇게 행동한 건 넘치는 기쁨을 나누려는 행위가 아니었다.

그에겐 자유가 있으므로 기본적인 재산을 가진 것이나 마찬가지였다. 그는 사랑받을 권리, 남쪽이든 북쪽이든 어디로든 걸어갈 권리, 스스로 일해서 밥벌이를 할 권리를 이미 소유했다. 그러니 돈이 대수겠는가……. 그는 우리가 뼛속 깊이 허기에 시달리듯이, 사람들 사이에서 그들과 연결되고 싶은 절박한 갈망을 느꼈던 것이다. 아가디르의 무희들이 늙은 바르크에게 부드러운 애정을 보여주긴 했으나, 그는 이곳에 올 때처럼 그들과 가뿐히 작별인사를 했다. 여자들은 그를 필요로 하지 않았기에. 아랍인 노점의 종업원, 거리를 지나는 행인들 모두 그 안에 있는 자유인을 존중했고 그와 동등하게 태양을 공유했지만 그 누구도 바르크를 필요로 하지 않았다. 그는 자유로웠으나, 대지 위에 선 자기 존재의 무게를 느끼지 못할 만큼 한없이 자유로웠다. 그에겐 바짓가랑이를 붙잡는 인간관계의 무게, 눈물과 작별인사, 비난과 기쁨 등 그가 어떤 몸짓을할 때마다 사랑으로 어루만지거나 찢기는 듯한 고통을 느끼는 하는 그 모든 것이 결여되어 있었다. 다른 이들과 하나로 묶어주며 그에게 무게를 지우는 수많은 관계들이 없었다. 그런데 이제 바르크에게 아이들의 무한한 희망의 무게가 지워지고 있었다……

그리하여 바르크의 영향력은 아가디르에 석양이 내리는 영광 속에서, 그가 오랫동안 기다렸던 유일한 포근함인 축사의 서늘함 속에서 시작되었다. 출발시간이 다가오자 바르크는 옛날에 키우던 양 떼와도 같은 아이들 무리에 둘러싸인 채 세상에 자신의 첫 발자취를 깊게 새기며 앞으로 나아갔다. 내일이면 가족의 빈곤함을 마주하고, 늙은 자신의 팔로는 먹일 수 없는 더 많은 생명에 책임감을 느끼며 돌아올지도 모른다. 하지만 그는 이곳에서 자신의 진정한 무게를 느꼈다. 마치 인간으

로 살기엔 너무 가벼워 허리띠에 납을 다는 속임수를 쓴 대천
사처럼, 바르크는 금실로 수놓인 신발을 간절히 원하는 수많
은 아이들에 의해 지면에 단단히 서서 쉽지 않은 발걸음을 내
딛고 있었다.

· 7 ·

그런 곳이다, 사막은. 게임의 규칙에 지나지 않는 코란이
사막을 제국으로 변화시킨다. 사하라의 중심은 텅 비어 있는
듯 보이지만, 비밀스러운 연극을 상연함으로써 사람들의 열
정을 자극한다. 진정한 사막의 삶은 목초지를 찾아 이동하는
부족들의 대이동이 아니라, 그 안에서 여전히 진행되는 놀이
로 이루어진다. 정복된 사막과 정복되지 않은 사막 사이에 어
떤 물질의 차이가 있는가! 모든 인간들도 그렇지 않겠는가?
변해 버린 이 사막을 앞에 두고 나는 어린 시절의 놀이를, 우
리가 온갖 신들로 채워 넣은 어둑어둑한 금빛 공원을 떠올린
다. 우리가 다 알 수도 없었고 전체를 뒤질 수도 없었던 1평방
킬로미터의 끝도 없는 왕국을 떠올린다. 우리는 공개되지 않
은 문명을 만들고 있었다. 그곳에서는 걸음마다 멋이 배어 있
었고, 사물들은 다른 것에는 허용되지 않았던 고유한 의미를

가졌다. 성인이 되어 우리가 다른 법들 가운데 어린 시절의 그림자 가득한 마법과도 같은 차가우면서도 뜨거운 공원을 봤을 때, 우리가 그 공원에 다시 돌아와 일종의 절망에 싸여 외부로부터 그 작은 회색 돌벽을 따라갈 때 무엇이 남아 있을까? 우리가 무한히 넓다고 여겼던 곳이 그렇게 좁은 구역 안에 있었음을 깨닫고 놀랄 것이다. 그리고 그 무한 속으로 우리는 결코 돌아가지 못하리라는 걸 납득하게 될 것이다. 왜냐하면 우리가 돌아가야 할 곳은 공원이 아니라 바로 그 놀이이기 때문이다.

하지만 정복되지 않은 땅은 이제 없다. 쥐비곶, 시스네로스, 푸에르토 캉사도, 사귀에텔함라, 도라, 스마라, 그곳들은 더 이상 신비한 지역이 아니다. 우리가 달려갔던 지평선은 미지근한 손이라는 덫에 걸리면 색깔을 잃어버리는 벌레들처럼 하나씩 사라졌다. 하지만 지평선을 좇던 이들이 환상의 희생자는 아니었다. 허상에 사로잡혀 그렇게 뭔가를 발견하려고 달려간 것도 아니었다. 〈천일야화〉의 술탄도 마찬가지였다. 그는 알 수 없는 어떤 본질을 추구했고, 새벽이 오면 그의 아름다운 포로들은 한 명씩 그의 팔에서 스러져갔다. 그가 손을 대면 그들의 날개들은 황금빛을 잃어버렸다. 우리는 사막의 마법을 먹고 자랐다. 아마 다른 사람들은 사막에서 유전을 파내고 부를 늘리려 할 것이다. 그러나 그들이 와도 너무 늦을 것이다. 금지된 종려나무숲들 혹은 무구한 조개껍데기 가루들이 우리에게 가장 소중한 일부를 이미 전해 주었기 때문이다. 그것들은 열정의 한 순간만을 허락했고, 바로 그때를 경험한 것이 우리다.

사막? 언젠가 내가 진심을 다해 그곳에 다가가자 사막은 자신을 드러냈다. 1935년, 인도차이나로 향하는 공습 중에 나는 이집트와 리비아의 국경 지방에서 발견되었다. 끈끈이 같은 모래바닥에 파묻힌 채로. 나는 이제 죽는구나 하고 생각했다. 자, 그때의 이야기를 해보자.

· 7 ·

사막 한복판에서

· 1 ·

지중해에 가까워지자 낮은 구름들과 마주쳤다. 나는 20미터 고도로 내려갔다. 빗줄기가 앞유리창을 때리며 부서졌고, 바다에서는 연기가 피어오르는 것처럼 보인다. 나는 시야를 확보하려고, 돛대와 충돌하지 않으려고 갖은 애를 썼다.

함께 탑승한 정비사 앙드레 프레보가 담뱃불을 붙여 준다.

"커피 좀……"

그가 비행기 뒤편으로 사라지더니 보온병을 들고 돌아왔다.

나는 커피를 마신다. 2,100회의 회전속도를 유지하기 위해 중간에 한 번씩 가스 핸들에 힘을 주었다. 그리고 계기판으로 힐끔 시선을 돌렸다. 조종장치는 내 말을 잘 듣고 있고 계기판의 눈금도 다 제자리에 있다. 이번에는 빗속에서 뜨거운 대형 냄비처럼 수증기를 뿜어내는 바다로 시선을 돌렸다. 내가 지금 수상비행기를 몰고 있다면 바다가 '움푹 패어 있어' 마음을 졸일 것이다. 하지만 나는 비행기를 몰고 있다. 움푹 패어 있든 아니든 착륙은 불가능하다. 왠지 모르지만 그 점 때문에 안전하다는 터무니없는 기분을 느낀다. 어차피 바다는 나의 것이 아닌 세계다. 이곳에서 비행기가 고장 나는 일은 내 영역이 아니기에, 내게 위협조차 되지 않는다. 어차피 나는 바다에 내릴 수 있는 선구를 전혀 갖추지 못한 상태였다.

1시간 30분의 비행 후 비가 잦아든다. 구름은 여전히 낮게 깔려 있지만 빛줄기가 이미 함박웃음을 짓듯이 구름 사이를 빠져나온다. 조금씩 개는 날씨의 변화에 나는 감탄한다. 머리 위로 흰 솜이 얇게 드리워지는 것 같다. 돌풍을 피하기 위해 나는 비스듬히 돌아간다. 정중앙을 통과하는 건 불필요한 일이다. 자, 그때 구름의 첫 틈새가 보인다……

나는 그 틈새를 보지 않고도 예측할 수 있었다. 내 바로 앞 바다 위에 가늘고 긴 초원의 빛깔을, 반짝거리는 진한 초록빛 오아시스를 포착한 것이다. 그것은 내가 세네갈에서 3,000킬로미터의 사막을 비행해 모로코 남부에 다다랐을 때 내 심장을 저미게 만들었던 보리밭의 초록빛이었다. 사람들이 거주하는 시골마을로 다가가고 있다는 가벼운 기쁨이 차오른다. 나는 프레보를 향해 몸을 돌렸다.

"이제 됐네, 잘 지나갔어!"

"그렇군. 무사히 지나갔어……."

튀니스. 기름을 가득 채우는 동안 나는 서류에 사인한다. 하지만 내가 사무실을 나온 순간, 다이빙할 때 나는 "풍덩!" 하는 소리가 들린다. 귀를 먹먹하게 한 그 소리는 이후엔 잠잠했다. 나는 그 순간 비슷한 소리를 들었던 예전 기억을 떠올렸는데 차고가 폭발했을 때였다. 쉰 기침 같은 그 소리가 들린 후 남자 둘이 사망했다. 나는 활주로로 이어진 도로 쪽으로 향했다. 먼지가 살짝 피어오르고, 빠르게 달려오던 자동차 두 대가 순식간에 부딪친 후 거울에 비친 이미지처럼 꼼짝도 않고 서 있었다. 남자들이 자동차 쪽으로 뛰어갔고 몇몇은 우리 쪽으로 달려왔다.

"전화 좀…… 의사를…… 머리를 다쳤어요."

나는 심장이 죄어드는 기분을 느낀다. 고요한 저녁 햇살 속에서 방금 성공적인 파국이 일어나고 말았다. 하나의 아름다움이, 하나의 지성이, 하나의 삶이 유린당했다……. 해적들은 사막 정상을 점령했다. 아무도 모래 위를 내딛는 그들의 가벼운 발소리를 듣지 못했던 것이다. 야영지에서 약탈로 인한 짧은 웅성거림이 있었다. 그러고 나자 모든 것이 금빛으로 물든 침묵 가운데 다시금 빠져버렸다. 똑같은 평화, 똑같은 침묵……. 내 근처에 있던 누군가가 두개골 골절에 대해 말한다. 나는 피 흘리는 이마에 대해 아무것도 알고 싶지 않았기에 방향을 돌려 도로로 나갔다. 나는 비행기가 세워진 곳으로 온다. 하지만 마음속에는 위협의 잔상이 남아 있다. 그 소음을 나는 조금 후 다시 듣게 될 터였다. 시간당 270킬로미터 속도로 검은 사막을 거칠게 날아오를 때 동일한 거친 기침소리가 들릴 것이다. 운명이 "에취!" 하는 동일한 기침 소리를 내며 우리를 만나려고 기다리고 있었다.

이제 벵가지를 향해 이륙한다.

· **2** ·

비행 중이다. 해가 지려면 2시간 더 있어야 한다. 트리폴리타니아에 가까이 다다르자 선글라스를 벗어 버렸다. 그러자 금빛으로 빛나는 모래가 눈에 들어왔다. 지구는 이다지도 고독하구나! 강과 나무그늘과 집들이 나에게는 행복한 우연의 연결들로 보였다. 그 정도로 암석과 모래의 비중이 압도적이었다!

하지만 모든 것이 내게는 낯설다. 나는 비행의 영역에서 살아가기 때문이다. 사람들이 사원에 틀어박히듯 자기 안으로 침잠하는 밤이 오는 걸 느낀다. 밤이 되면 사람들은 구원 없는 명상을 하면서 중요한 의식들의 비밀 속으로 스스로를 유폐한다. 속세의 모든 세계는 이미 지워지고 사라질 것이다. 모든 풍경은 금빛 햇살을 머금고 자라나지만 무언가가 이미 증발하는 중이다. 나는 아무것도 알지 못한다. 이 시간만큼 가치 있는 걸 아무것도 알지 못한다. 비행에 대한 불가해한 사랑을 느껴본 이들은 나를 이해할 것이다. 이제 나는 서서히 태양을 포기한다. 비행기가 고장 날 경우 나를 맞아줄 거대한 황금빛 표면을 포기한다……. 나를 인도해 주는 표지들도 포기한다. 내 앞의 암초를 피하게 해줄 하늘 위에 드리워진 산의 윤곽들도 포기한다. 그렇게 밤 속으로 들어간다. 나는 비행한다. 이제 내게 남은 건 별밖에 없다…….

이러한 세계의 죽음은 천천히 이루어진다. 아주 조금씩 빛이 줄어든다. 땅과 하늘이 서서히 뒤섞인다. 땅이 올라가더니 수증기처럼 퍼져나가는 듯 보인다. 처음 나타난 별들은 초록빛 물 안에 있는 것처럼 진동한다. 별들이 단단한 다이아몬드로 변화되려면 더 오랜 시간을 기다려야 할 것이다. 유성들의 고요한 놀이에 참여하려면 아직 오래 기다려야 할 것이다. 어떤 밤에는 허다한 불티들이 튀어오르는 걸 보았다. 별들 사이로 엄청난 바람이 불어오는 것처럼 보였다.

프레보가 고정 램프와 비상용 램프를 테스트해 본다. 우리는 붉은 종이로 전구 표면을 두른다.

"한 겹 더 하지……."

그는 또 한 장을 덧붙이고 스위치를 누른다. 불빛이 여전히 너무 밝다. 그것은 사진가의 작업실에서처럼 외부 세계의 창백한 이미지를 가려 버릴 것이다. 그 불빛은 밤이면 사물들에 붙는 그 얇은 살갗을 파괴하고 말 것이다. 이제 밤이 왔다. 하지만 아직 진짜 밤은 아니다. 초승달이 아직 걸려 있다. 프레보는 뒤쪽으로 들어가서 샌드위치를 갖고 돌아온다. 나는 포도 한 송이를 조금씩 먹는다. 배가 고프지 않다. 배가 고프지도 목이 마르지도 않다. 피로감도 없다. 이대로 10년은 비행기를 조종할 수 있을 것만 같다.

달이 지고 있다.

검은 밤 속에 벵가지가 모습을 드리낸다. 벵가지는 너무 깊은 암흑 속에 들어 있어서 달무리도 보이지 않는다. 그곳에 다다라서야 도시가 보였다. 착륙할 곳을 찾고 있을 때 붉은색 항공표지등이 켜진 게 보인다. 검은 직사각형의 불빛이 뚜렷이

드러난다. 나는 선회한다. 하늘을 향한 항공표지등 불빛이 화재를 진압하는 호스처럼 곧게 올라가더니, 이리저리 회전하다가 착륙장 위에 금빛 도로의 흔적을 남긴다. 나는 여전히 장애물을 잘 살펴보려고 선회하고 있다. 이 기항지의 야간시설은 감탄할 만하다. 나는 속도를 줄이며 검은 물속으로 하강하기 시작한다.

내가 착륙한 시각은 현지 시각 23시였다. 나는 표지등 쪽으로 비행기를 몬다. 어둠 속에서 탐조등 불빛 쪽으로 공손하기 이를 데 없는 장교와 군인들이 지나가며 차례로 보였다 안 보였다 했다. 직원들이 내 서류를 접수하고, 기름을 가득 채우기 시작한다. 통과 절차는 20분이면 처리될 것이다.

"선회한 다음 우리 위로 비행하시오. 그렇지 않으면 이륙이 제대로 되었는지 알 수 없으니."

이륙.

나는 금빛 도로를 따라 장애물 없는 통로로 향한다. '시문' 타입인 우리 비행기는 여유로운 활주로를 다 돌기도 전에 이륙한다. 탐조등이 우리를 비추고 있어, 선회하는 데 방해를 받는다. 그러다 결국 불빛이 나를 놓아준다. 그것 때문에 내가 눈이 부시다는 걸 깨달은 모양이었다. 나는 수직으로 유턴했고 그때 다시 탐조등이 내 얼굴을 비췄으나 가까스로 스쳐지나갔다. 불빛은 나를 따라오더니 결국 그 긴 플루트를 다른 방향으로 돌린다. 이런 조심스러운 배려에서 나는 극도의 예의를 느낀다. 이제 나는 선회하여 다시 사막으로 향한다.

파리, 튀니스, 벵가지로부터 시속 30~40킬로미터의 순풍이 불 거라는 기상예보가 도착했다. 나는 시속 300킬로미터로 순항속도를 맞추려고 한다. 카이로와 알렉산드리아를 잇는 직선 거리 중앙 지점으로 기수를 돌린다. 나는 그렇게 해안의 접근 금지 지역을 피할 것이다. 예측하기 힘든 편류가 발생해도 오른편이나 왼편 어느 한쪽 도시의 불빛을 받을 수 있을 것이다. 보통은 나일강 계곡의 도시가 뿜어내는 불빛을 받을 것이다. 바람이 변화가 없다면 3시간 20분간 비행할 것이다. 바람이 약해지면 3시간 45분 비행할 것이다. 이제 나는 사막으로부터 1,050킬로미터에 이르는 사막을 정복하기 시작한다.

이제 달도 보이지 않는다. 검은 아스팔트가 별에 닿을 듯 팽창해 보인다. 불빛은 찾기 힘들고, 어떤 표지도 참고하지 못한다. 무선이 없어 나일강에 이르기 전까지 인간의 신호도 수신할 수 없을 것이다. 나는 나침반과 회전계 외에 다른 걸 보려는 노력조차 하지 않는다. 어두운 계기판 위 가느다란 라듐 선을 느린 호흡으로 볼 뿐 어떤 것에도 관심을 두지 않는다. 프레보가 자리를 이동하자 나는 중심을 잡기 위해 편차를 조정한다. 그리고 순풍 예보를 받은 2,000미터 지점까지 고도를 높인다. 길게 시간 간격을 두고서 램프를 켠다. 모든 장치가 야광은 아니므로 엔진 계기판을 관측하려면 켜야 한다. 하지만 나는 대부분의 시간을 암흑 속에서, 별의 광물성 빛을 발하고, 꺼지지 않는 비밀스러운 빛을 퍼트리며, 별과 동일한 언어를 말하는 그 성좌 가운데 갇혀 있다. 나도 천문학자들처럼 천체역학에 관한 책을 읽는다. 나는 내가 어느 정도 학구적이고 때 묻지 않았다고 생각한다. 외부 세계의 모든 것은 이제 꺼져 버렸다. 잘 버티는 듯싶던 프레보도 잠이 들었다. 이제 나는 고독을 더 잘 음미할 수 있게 되었다. 엔진의 부드러운 윙윙거림이 들린다. 내 앞 계기판 위에 별들이 고요히 깜박이고 있다.

나는 이제 명상에 잠긴다. 달의 도움도 없고 무전통신도 두절되었다. 나일강의 빛나는 물줄기에 이마가 닿기 전까지는 우리를 세상과 연결해 주는 어떤 고리도 없을 것이다. 우리는 모든 것의 바깥으로 밀려났고, 유일하게 엔진만이 우리를 매단 채 까만 밤 속을 지탱하고 있다. 우리는 요정 이야기에 나오는 검은 골짜기, 시련의 골짜기를 통과한다. 이곳에는 어떤 도움의 손길도 없다. 이곳에서 실수를 저질렀다간 가차 없다. 우리는 신의 손에 내맡겨져 있는 것이다.

한 줄기 빛이 전동규격 장치 틈새로 새어 들어온다. 나는 프레보를 깨워 그 장치를 끄라고 한다. 프레보는 어둠 속에서 곰처럼 천천히 움직이더니 몸을 부르르 떨며 앞으로 나온다. 그는 손수건과 검은 종이를 한데 모아 무엇일지 모를 것을 만드는 데 열중한다. 이제 빛줄기가 사라졌다. 그 빛이 이 세계 안에 균열을 만들었다. 그것은 아득하고 희미한 라듐광선과는 다른 성질의 것으로, 나이트클럽의 불빛이지 별이 뿜어내는 빛이 아니었다. 무엇보다도 그것은 나를 눈부시게 했고 다른 빛들을 지워 버렸다.

3시간의 비행. 내 오른편에서 역동하는 밝은 빛이 솟구쳤다. 나는 바라본다. 그 전에는 보이지 않던 반짝거리는 긴 빛의 자취가 비행기 날개등 부위에 걸려 있었다. 간헐적으로 점멸하는 빛이었다. 이제 나는 구름 안으로 들어와 있다. 구름에 램프 불빛이 반사된다. 표지 가까운 곳에 이르렀으니 청명한 하늘이 보일 줄 알았건만. 날개가 달무리 아래 빛나고 있었다. 그 빛은 자리 잡더니 고정된 채로 빛을 발하고 아래 부분에 장밋빛 꽃다발을 만들어낸다. 빽빽한 난류가 나를 뒤흔든다. 나는 두께를 알 수 없는 적운 속에서 바람을 맞으며 어딘가를 비행 중이다. 나는 2,500미터 지점까지 올라갔으나 구름을 뚫고 나오지 못한다. 다시 1,000미터 지점으로 내려온다. 꽃다발 모양의 구름이 여전히 움직이지 않고 그 자리에서 점점 더 반짝거린다. 좋다. 괜찮다. 어쩔 수 없다. 나는 다른 방법을 강구한다. 이 구름을 뚫고 나가면 시야가 뚫릴 것이다. 나는 싸구려 여인숙 같은 저 불빛이 마음에 들지 않는다.

나는 상황을 파악해 본다.

'이곳은 다소 흔들리는 걸 피할 수 없다. 원래 그렇다. 그런데 하늘이 맑고 고도가 정상임에도 비행 내내 난류를 겪었다. 바람은 잦아들지 않았고. 내가 시속 300킬로미터를 초과한 게 틀림없다.'

지금 상태에서는 정확히 알 수 있는 게 하나도 없다. 구름을 뚫고 나가야 내가 어디 있는지 가늠할 수 있을 것이다.

그러다가 우리는 구름 밖으로 나왔다. 순식간에 꽃다발이 해체되었다. 그것이 사라졌다는 건 앞으로 사고가 일어날 거라는 의미다. 나는 전방을 주시하다가 하늘의 움푹 팬 부분과 또 다른 적운의 벽을 발견한다. 꽃다발이 다시 되살아났다.

단 몇 초간만 끈끈이 같은 구름에서 벗어났던 것이다. 3시간 30분을 비행하자 나는 불안해진다. 내 예상대로 비행했다면 지금쯤 나일강에 가까워졌을 것이기 때문이다. 운이 따라준다면 구름 틈새로 나일강을 볼 수 있겠지만 틈새는 많지 않다. 나는 여전히 감히 내려갈 생각을 못 하고 있다. 만일 내가 생각한 것보다 속도가 느리다면 나는 여전히 고도가 높은 공중을 날고 있는 것이다.

여느 때처럼 큰 불안은 아니었다. 그저 시간을 낭비할까 봐 우려하는 것이다. 하지만 나는 차분하게 한계를 지정한다. 비행은 4시간 15분을 초과하면 안 된다. 이 시간을 넘기면 바람이 불지 않더라도 나일 계곡을 지나쳐 버릴 것이다. 하지만 바람이 없는 상황이란 거의 불가능하다.

구름의 경계 부분에 이르자, 꽃다발이 점점 더 빠른 속도로 명멸하며 빛을 날리더니 순식간에 꺼졌다. 밤의 악마들과 벌이는 이러한 알 수 없는 소통 방식이 싫다.

내 앞에 초록빛 별이 등대처럼 반짝거린다. 저것은 별인가, 등대인가? 초자연적인 빛이나 동방박사의 별이나 위험한 초대 같은 것도 싫다.

프레보가 깨더니 엔진 계기판을 켠다. 나는 그와 그의 램프를 밀어 버린다. 이제 막 두 개의 구름 사이 단층에 접근한 참이다. 나는 그 단층을 이용해 아래쪽을 바라볼 생각이다. 프레보는 다시 잠든다.

하지만 아래쪽에는 아무것도 보이지 않는다.

4시간 5분간 비행. 프레보가 내 곁으로 와서 앉는다.

"이제 카이로에 도착할 때가 됐지⋯⋯."

"그런 것 같아⋯⋯."

"저건 별이야, 등대야?"

엔진을 살짝만 늦췄는데도 프레보가 깼다. 그는 비행 중 작은 소리 변화도 민감하게 알아차린다. 나는 천천히 하강하여 구름 덩어리 아래로 살짝 미끄러져 들어갈 것이다.

방금 지도를 본 참이었다. 어쨌든 나는 제로고도에 접근하고 있었다. 위험한 게 없다. 나는 계속 하강하며 북쪽으로 선회한다. 비행기창으로 도시의 불빛이 보일 것이다. 그 도시들을 지나쳤다면, 이제 내 왼편에 불빛이 존재할 것이다. 나는 적운 아래로 비행한다. 하지만 내 왼편에 더 낮게 깔리는 또 다른 적운에 스친다. 나는 그 구름의 그물에 걸리지 않으려고 선회하며 북북동으로 방향을 돌린다.

이 구름은 확실하게 더 낮게 내려오더니 모든 시야를 가로막는다. 나는 고도를 더 낮출 엄두를 못 낸다. 고도계 수치는 400을 가리켰지만 나는 기압을 알 수 없다. 프레보가 내게 몸을 기울인다. 나는 그에게 소리친다.

"바다까지 내려갈 생각이야, 충돌을 피하려면 바다에 착륙해야 해……."

아까부터 바다 위를 헤매고 있었을지도 모른다. 구름 아래 펼쳐진 칠흑과도 같은 어둠을 꿰뚫어 보는 건 불가능하다. 나는 창문 쪽으로 얼굴을 바짝 붙인다. 아래쪽에 무엇이 있는지 읽어내려 애를 쓴다. 불빛과 신호를 발견하려 안간힘을 쓴다. 나는 지금 잿더미를 파헤치는 사람이다. 아궁이 깊숙한 곳에서 생명의 불씨를 찾으려고 애쓰는 사람이다.

"등대야!"

우리 둘은 동시에 점멸하는 이 함정을 발견했다. 정말 터무니없는 순간이었다! 밤이 만들어낸 유령 같은 저 등대가 대체어디 있었단 말인가? 프레보와 내가 날개 아래 300미터 되는 지점을 보려고 몸을 숙인 바로 그 순간 등대가 불쑥 등장한 것이다.

"아!"

나는 그 탄성 외에 할 말을 찾지 못했다. 우리의 세계를 기저부터 뒤흔든 그 놀라운 폭발음 외에 다른 것을 느낄 새가 없었다. 시속 270킬로미터로 우리는 지면을 들이받았다.

뒤따른 100분의 1초간 엄청난 폭발력으로 우리 둘을 뭉개 버릴 자줏빛 별, 그것 말고는 아무것도 기대하지 않았다. 프레보도 나도 일말의 감정도 느끼지 못했다. 내 안에는 어떤 비정상적인 기대감, 다음 순간 우리를 흔적도 없이 사라지게 할 그 빛나는 별에 대한 기대감밖에 남지 않았다. 그러나 그 별은 어디에도 없었다. 우리의 비행기를 덮쳐 창문을 부수고, 100미터가량 금속판을 날아가게 만들고, 우리의 내장 깊은 곳까지 어마어마한 굉음을 들이민 것은 땅의 진동이었다. 멀리서 날아와 단단한 나무에 꽂힌 단도처럼 비행기는 진동하고 있었다. 분노의 감정이 우리 안을 휘저었다. 1초, 2초……. 비행기는 여전히 진동을 멈추지 않았다. 기체의 반동으로 수류탄이 터지듯 비행기가 폭발할 거라고 예상했으므로 초조해 죽을 것만 같았다. 하지만 지하의 진동만 지속될 뿐 결정적인 폭발에 이르지는 않았다. 이 보이지 않는 작용을 전혀 이해할 수 없었다. 이 진동도, 이 분노도, 이 한없는 지연도 이해할 수 없었다……. 5초, 6초……. 그때 갑자기 기체가 회전하는 것이 느껴졌다. 창문으로 우리의 담배들이 내동댕이쳐졌다. 오른쪽 날개를 산산조각 내는 충격을 느꼈다. 그러고 나서는 얼어붙은 듯한 정지 상태가 이어졌다. 나는 프레보에게 소리쳤다.

"어서 뛰어!"

그가 동시에 소리 질렀다.

"불이야!"

창문이 날아가며 우리는 밖으로 내동댕이쳐졌다. 우리는 비행기 추락지점에서 20미터 떨어진 곳에 서 있었다. 내가 프레보에게 물었다.

"다친 데 없어?"

"없어."

그런데 그가 무릎을 문지르고 있었다. 나는 그에게 말했다

"몸을 살펴봐, 움직여 봐, 어디 부러지지 않았는지 보라고……."

"아무것도 아니야. 비상용 펌프야."

나는 그가 순식간에 쓰러지며 머리부터 배까지 내용물이 밖으로 나오는 상상을 했다. 하지만 그는 눈도 움직이지 않고 다시 반복했다.

"비상용 펌프라고!"

'그가 미쳤어. 이제 춤이라도 추는 거 아닐까…….'

하지만 폭발을 면한 비행기로부터 시선을 돌리더니, 그가 나를 보며 말했다.

"아무것도 아니야. 비상용 펌프가 무릎에 걸려서."

· 3 ·

우리가 살아남은 것은 불가사의한 일이다. 나는 손전등을 들고 지면에 남은 비행기의 흔적을 거슬러 올라갔다. 우리가 있는 곳에서 250미터 근방에, 비행기가 날아온 경로를 따라 찌그러진 고철과 철판들이 널려 있었고, 주변의 모래는 진창이 되어 있었다. 날이 밝으면 우리는 사막의 고원 정상에 이르는 완만한 비탈을 거의 들이받듯 추락했다는 걸 알게 되리라. 충돌 지점의 모래 구덩이는 흡사 쟁기질을 해놓은 밭고랑처럼 보인다. 비행기는 곤두박질치지 않고 배를 바닥에 대고 기어다니는 뱀처럼 맹렬히 밀려왔다. 그러한 포복 속도가 시속 270킬로미터쯤 되었을 것이다. 우리의 목숨을 구한 건 검고 둥근 돌들이었다. 그것이 모래 위에 굴러다니면서 완충면을 만들어 주었던 것이다.

프레보는 누전으로 나중에라도 불이 나는 걸 피하기 위해 축전지 전원을 차단한다. 나는 엔진에 몸을 기댄 채 생각에 잠긴다. 공중에서 4시간 15분간 비행하는 동안 시속 50킬로미터의 바람이 불었고, 실제로 기체가 흔들렸었다. 그런데 기상예보 이후 바람의 방향이 바뀌었다면 바람이 어느 쪽으로 불었는지 모르는 셈이다. 지금 나는 한 변이 400킬로미터인 사각형 안에 있는 것이다.

프레보가 내 옆으로 와서 앉으며 말했다.

"이렇게 살아 있는 게 믿어지지 않는군……."

나는 아무 대꾸도 하지 않았다. 어떤 기쁨의 감정도 느끼지 않았다. 아주 사소한 생각 하나가 머릿속으로 들어오더니 가뿐하게 나를 번민에 몰아넣었다.

나는 프레보에게 어디서든 볼 수 있도록 그의 램프를 켜놓으라고 했다. 그리고 내 램프를 든 채 앞을 비추면서 똑바로 걸어갔다. 나는 지면을 주의 깊게 살폈다. 천천히 앞으로 나아가며 크게 반원을 그리며 걸은 다음 여러 번 방향을 바꾼다. 잃어버린 반지를 찾아 헤매듯 땅을 샅샅이 살폈다. 조금 전나는 불씨를 찾고 있었다. 나는 어둠 속에서 내 램프의 불빛이 그리는 하얀 원반 쪽으로 몸을 숙이고서 계속 나아간다. 옳지…… 그렇지……. 나는 비행기를 향해 천천히 올라간다. 그리고 조종석 옆에 앉아서 생각에 잠긴다. 희망을 가질 이유를 찾아보았지만 찾지 못했다. 생명이 존재한다는 신호를 찾아헤맸지만, 어떤 흔적도 없었다.

"프레보, 풀 한 포기 찾을 수 없군⋯⋯."

프레보는 입을 다물고 있다. 그가 내 말을 이해했는지 알 길이 없다. 날이 밝아 어둠이 걷히면 우리는 다시 이야기 나눌 것이다. 나는 그저 엄청난 피로감을 느꼈고, 속으로 생각한다.

'사막에서 400킬로미터 떨어진⋯⋯!'

그러다 불현듯 제자리에서 벌떡 일어선다.

"물!"

휘발유 탱크, 오일 탱크가 터졌다. 물탱크도 터졌다. 모래가 물을 전부 빨아들여 버렸다. 우리는 산산조각 난 보온병 안에서 커피 0.5리터를, 또 다른 보온병에서 백포도주 0.25리터를 발견한다. 그걸 거른 후 휘젓는다. 포도 조금과 오렌지 한 개도 나왔다. 나는 계산해 본다.

'태양 아래 사막을 5시간만 걸어도 다 동나겠지⋯⋯.'

우리는 조종석 안에 자리 잡고 날이 밝기를 기다린다. 나는 몸을 길게 누인다. 곧 잠이 들 것이다. 잠을 청하면서도 우리가 마주한 모험의 상황을 정리해 본다. 우리는 현재 위치나 좌표를 전혀 알지 못한다. 마실 물이 1리터도 안 된다. 우리가 원래 항로 내에 있다면 1주일 후 발견될 것이다. 가장 빨리 발견된다 해도 그렇다. 어쨌든 너무 늦을 것이다. 항로를 이탈해 있다면 6개월 후에나 발견될 것이다. 비행기가 우리를 찾아낼 거라고 기대해선 안 된다. 그들은 3,000킬로미터 안까지만 수색

할 테니까.

"아! 유감이군……."

프레보가 내게 말한다.

"왜 그래?"

"한방에 죽을 수 있었는데 말이지!"

하지만 그렇게 빨리 단념해서는 안 된다. 프레보와 나는 다시 금 냉정을 되찾는다. 아무리 한줌 안 되는 희망이라도 놓아서는 안 된다. 지나가는 비행기들이 우리를 기적적으로 구조할 가능성도 있다. 또 제자리만 지키다가 근처에 있을 수 있는 오아시스를 놓쳐서도 안 된다. 오늘 날이 밝는 대로 하루 종일 걸을 것이다. 그러고는 다시 비행기로 돌아올 것이다. 떠나기 전, 모래 위에 대문자로 우리의 일정을 기록할 것이다.

이제 둥글게 몸을 말고서 새벽까지 잠을 잘 것이다. 잠들 수 있다는 사실이 무척이나 행복하다. 피곤이 나를 몇 겹으로 에워싸고 있었다. 나는 지금 사막에 홀로 있지 않다. 나의 선잠은 온갖 목소리와 기억들, 속삭이는 비밀들로 채워진다. 아직은 목이 마르지 않고 컨디션이 괜찮다. 나는 모험을 떠나듯이 스르르 잠 속으로 빠져든다. 꿈이 시작되자 현실이 저 멀리 밀려난다…….

아! 그러나 날이 밝았을 때 상황은 얼마나 달라져 있었는지!

4

나는 정말이지 사하라를 사랑했다. 정복되지 않은 땅에서 며칠 밤을 보낸 적도 있고, 바람이 바다에서처럼 모래 위에 물결무늬를 만드는 황금빛 벌판에서 잠을 깬 적도 있다. 비행기 날개 아래에서 잠을 청하며 구조의 손길을 기다린 적도 있었다. 하지만 지금처럼 막막한 적은 없었다.

우리는 굽이진 언덕을 넘어 걸어간다. 지면은 전체가 모래로 뒤덮여 있고 그 위에 반짝거리는 검은 조약돌이 한 겹 깔려 있다. 금속 비늘처럼 보이기도 했다. 우리를 둘러싼 둥근 언덕들이 전부 갑옷처럼 반짝거리고 있다. 우리는 광물의 세계에 떨어졌다. 우리는 고철로 만든 풍경 안에 갇혔다.

첫 번째 봉우리를 넘자, 저 멀리 비슷한 또 다른 봉우리가 검은 빛으로 반짝거리며 모습을 드러낸다. 우리는 돌아갈 때 참고하려고 발꿈치로 바닥을 긁어 흔적을 남기며 걷는다. 태양을 바라보며 앞으로 나아간다. 정동 방향으로 가기로 한 것은 논리적인 결정은 아니었다. 기상이나 비행시간을 고려할 때 이미 나일강을 지나왔을 거라는 생각이 들기 때문이다. 나는 서쪽으로 조금 가 보기도 했는데 걷는 내내 알 수 없는 불안감을 느꼈다. 그래서 서쪽으로 가는 건 내일 해 보기로 했다. 바다로 이어지는 북쪽도 잠정적으로 제외시켰다. 사흘 후 반쯤 정신이 나가서, 비행기는 단념하고 쓰러질 때까지 곧장 앞으로 가기로 했을 때도 우리는 여전히 동쪽을 향하고 있었다. 좀 더 정확히는 동북동쪽이었다. 그 역시 전혀 이치에 맞지 않는 결정으로, 우리의 희망을 거스르는 것이었다. 나중에 구조된 후에 우리는 당시 어느 방향으로 가더라도 살아 돌아올 수 없었다는 걸 알게 되었다. 북쪽으로 향했다가는 탈진해서 바다에 이르지도 못했을 것이다. 지금 생각하면 터무니없는 결정이지만 당시 참고할 만한 지표가 전혀 없었으므로, 나는 과거에 친구 기요메를 살려준 방향이라는 이유만으로 동쪽을 선택했다. 내가 그토록 찾아 헤맸던 안데스에서 기요메가 동쪽으로 향했다가 살아났다는 유일한 이유 말이다. 그 방향은 막연하긴 해도 내 삶의 방향이 되었던 것이다.

5시간을 걷자 풍경이 바뀌었다. 모래의 강이 계곡으로 흘러들어가는 것처럼 보여 우리는 그걸 따라간다. 우리는 성큼성큼 걸었다. 가능한 한 멀리 갔다가 아무것도 발견하지 못하면 밤이 되기 전에 돌아와야 했기 때문이다. 나는 우뚝 멈춰 선다.

"프레보."

"왜?"

"우리 흔적이……."

얼마나 오랫동안 우리 뒤로 발자국을 남기는 걸 잊었던 걸까? 발자국을 찾지 못하면 남은 건 죽음밖에 없다.

우리는 되돌아간다. 오른쪽으로 치우치게 걷는다. 충분히 멀리 간 후 처음 방향을 향해 직각으로 꺾어 가면 우리가 걸어왔던 흔적을 발견할 수 있을 것이다.

　우리 자취를 발견한 지점에서 다시 출발한다. 사막의 열기가 올라오자 신기루도 함께 떠오른다. 하지만 아직은 일차적인 신기루에 불과하다. 커다란 호수들이 모습을 드러냈다가, 다가가면 눈앞에서 사라진다. 우리는 지평선을 관측하기 위해 모래 계곡을 지나 가장 높은 모래 고원으로 올라가기로 한다. 이미 6시간을 걸었다. 보폭을 크게 했으니 35킬로미터는 족히 걸었을 것이다. 우리는 검은 산등성이 정상에 이르자 말없이 주저앉았다. 발밑에 펼쳐진 모래 계곡은 돌 하나 없는 모래사막 쪽으로 열려 있다. 모래사막의 백색 태양광선에 눈이 화끈거린다. 앞이 보이지 않으니 모든 것이 텅 비어 버린다. 그런데 빛의 장난으로 만들어진 신기루가 지평선에서 우리 마음을 어지럽힌다. 요새와 첨탑, 수직으로 뻗은 기하학적 덩어리들, 그리고 초목인 척하는 커다란 검은 점이 구름에 뒤덮여 있다. 낮에는 사라졌다가 밤에 다시 생기는 구름들은 사실 적운의 그림자일 뿐이다.

　앞으로 나아가봤자 소용없다. 어디에도 이르지 못할 것이다. 비행기로 돌아가야 한다. 그 붉고 하얀 항공표지가 어쩌면 동료들 눈에 띄었을 수도 있다. 수색에 대해서는 어떤 희망도 갖지 못했으나, 그것이 우리가 구원받을 유일한 기회로 보였다. 무엇보다 비행기에 마지막 남은 마실 물을 남겨두고 왔는데 지금 그 물이 절대적으로 필요한 상황이다. 살아남으려면 되돌아가야 한다. 우리는 쇠사슬로 묶인 포로들, 갈증이라는 한정된 상황에 볼모로 잡혀 있다.

하지만 생명의 길로 향하고 있는지 모르는 상황에서, 다시 돌아가는 것도 어려운 일이다! 저 신기루 너머 지평선엔 진짜 도시가, 달콤한 물이 있는 수로와 초원이 가득할지도 모르니까. 돌아가는 게 맞다는 걸 알면서도, 방향을 바꾸면 최악의 상황에 이를 거라는 느낌이 나를 지배한다.

우리는 비행기 옆에 몸을 누였다. 하루 동안 60킬로미터를 걸었다. 물도 떨어졌다. 우리는 동쪽에서 아무것도 발견하지 못했고 그 지역을 비행하는 동료들도 없었다. 얼마나 버틸 수 있을 것인가? 우리는 이미 극심한 갈증에 시달리고 있다⋯⋯.

우리는 산산조각 난 날개 파편들을 몇 개 건져서 커다랗게 장작 삼아 쌓았다. 휘발유가 마그네슘 철판들에 섞이자 눈부신 불꽃이 튀었다. 우리는 밤이 충분히 무르익기를 기다려 불을 지폈다. 그런데 사람들은 도대체 어디 있는 것일까?

불꽃이 타오른다. 사막에서 우리의 등대가 타오르는 걸 우리는 경건히 지켜보고 있다. 고요하게 빛나는 메시지가 이 밤을 충만하게 채운다. 이 메시지는 누군가를 부르는 비장한 부르짖음 외에도 크나큰 사랑을 실려 보낸다. 우리는 마실 물을 원하는 것만큼이나 누군가와 절실히 소통하고 싶다. 밤이 지나는 동안 또 다른 불이 켜지기를, 불을 사용할 줄 아는 인간이 제발 우리에게 응답해 주기를!

나는 아내의 눈을 떠올린다. 그 눈 외에 다른 것은 보이지 않는다. 아내의 눈이 내게 묻고 있다. 나는 나에게 애정을 가진 모든 이들의 눈을 떠올린다. 그 눈들이 묻고 있다. 시선들이 일제히 내 침묵을 비난한다. 대답할게! 대답한다고! 기력을 다 짜내어 대답하고 있어. 한밤에 이보다 더 밝게 불꽃을 피워 올릴 수는 없지 않은가!

나는 할 수 있는 모든 걸 했다. 우리는 할 수 있는 모든 걸 했다. 물도 거의 마시지 않고 60킬로미터를 걸은 걸 보라. 이제 우리는 마실 물도 없다. 우리가 더 오래 버티지 못한다면 그게 우리 탓일까? 수통만 있으면 얌전히 그걸 빨며 기다릴 것이다. 하지만 마지막 한 모금을 마시고 주석 잔 밑바닥을 탈탈 털자마자 시계가 작동하기 시작한다. 마지막 한 방울을 삼키자마자 나는 내리막길로 치닫기 시작했다. 시간이 강물처럼 나를 데려가는데 내가 무엇을 할 수 있단 말인가? 프레보가 눈물을 흘린다. 나는 그의 어깨를 툭툭 쳐주며 위로의 말을 건넨다.

"끝장난 거라면 받아들여야지 뭐."

그가 대답한다.

"지금 나 때문에 우는 거라고 생각하나⋯⋯."

하! 물론, 나는 이미 명백한 증거를 발견했다. 견딜 수 없는 건 아무것도 없다. 내일, 혹은 모레면 세상에 견딜 수 없는 건 아무것도 없다는 걸 알게 될 것이다. 나는 극심한 고통을 반만 믿는다. 이런 고민을 예전에도 한 적이 있었다. 한번은 조종석에 갇힌 채 익사할 뻔했는데, 그리 고통스럽지 않았다. 몇 차례 얼굴이 으스러진 적도 있었지만 그리 특별한 일이 아니었다. 여기에서도 마찬가지로 나는 번민을 경험하지 않을 것이다. 내일이면 여전히 훨씬 기이한 일들을 깨달을 것이다. 큰 불을 피운 채 기다리면서도 실은 사람들 소리를 듣지 못할 거라고 단념한 사실은 신만 알고 계실 것이다!

"지금 나 때문에 우는 거라고 생각하나⋯⋯."

그래, 그래, 참을 수 없는 건 바로 이런 거다. 나를 기다리고 있는 이 눈들을 떠올릴 때마다 타는 듯한 고통을 느낀다. 벌떡 일어나 곧장 내달리고 싶은 욕구가 불쑥 치밀어 오른다. 저기에서 사람들이 소리 질러 도움을 청하고 있다. 자신들이 난파되었다고!

그것은 기묘한 역할 전환이었으나, 계속 그런 상태였다는 생각이 들었다. 하지만 완전히 확신을 갖기 위해서 프레보가 필요했다. 자, 프레보는 귀에 못이 박히도록 들어온 죽음 앞에서의 이런 번민을 모를 것이다. 하지만 프레보도 나도 견디지 못할 무엇인가가 있다.

아! 이제 잠을 청해야 한다. 밤새도록 몇 백 년이 지나도록 끝도 없는 잠에 빠져들어야 한다는 걸 나는 잘 받아들인다. 잠에 빠지면 하루든 몇 백 년이든 차이가 없으리라. 그 얼마나 평화로울까! 하지만 저 멀리서 사람들의 비명이, 절망 섞인 커다란 불꽃이 피어오르고 있다⋯⋯. 그러한 이미지를 참을 수 없다. 난파된 사람들 앞에서 팔짱을 끼고 있을 순 없지 않은가! 초 단위로 흐르는 침묵이 내가 사랑하는 이들을 하나씩 죽이고 있다. 엄청난 분노가 내 안에서 솟구친다. 이러한 속박은 왜 내가 제때 도착해 침몰하는 이들을 구조하는 걸 막는 것인가? 우리의 불이 세상 끝까지 우리의 외침을 전달하지 못하는 이유는 무엇인가? 견뎌라! 우리가 곧 도착한다! 곧 도착한다! ⋯⋯ 우리가 구하러 간다!

마그네슘이 바닥났다. 불꽃은 벌겋게 변했다. 이제 우리가 몸을 숙여 겨우 몸을 데울 만큼의 불씨밖에 남지 않았다. 빛을 발하던 우리의 위대한 메시지도 끝났다. 세상에 그것이 전해졌는가? 아! 그건 아무런 영향도 미치지 못했다는 걸 잘 알고 있다. 그건 들을 수 없는 기도였으리라.

괜찮다. 이제 잠을 청하자.

5

새벽에 우리는 비행기 날개를 천으로 닦아 페인트와 기름 뒤범벅인 이슬을 컵 바닥에 고일 만큼 받았다. 그리고 역겨운 맛이 나는 그 액체를 마셨다. 간신히 혀만 축일 정도였다. 만찬 후에 프레보가 말했다.

"다행히도 리볼버가 있네."

순간 나는 공격적으로 변해 맹렬한 적의를 갖고 그를 돌아 보았다. 이런 순간에 감정적 토로보다 더 증오심을 불러일으키는 것도 없다. 나는 모든 걸 단순하게 보려고 갖은 애를 쓰고 있었다. 태어나는 일, 자라는 일은 단순하다. 그러니 갈증으로 죽는 일도 단순하다.

나는 곁눈질로 프레보를 지켜보았다. 그의 입을 다물게 할 수 있다면 그를 모욕이라도 할 기세였다. 하지만 프레보는 침착하게 말했다. 위생 문제를 이야기하듯, "손을 씻어야 해" 같은 말을 하듯이 말한다. 그렇다면 우리 둘 다 같은 생각인 것이다. 어제 가죽칼집을 발견하고서 나도 이미 그 생각을 했던 것이다. 내 상념은 이성적이며 비장하지 않았다. 비장함은 사회적 관계에서만 생기는 감정이다. 우리가 책임져야 할 이들을 안심시킬 수 없다는 무력함에서 생기는 것이지, 리볼버 따위에서 생기지 않는다.

수색팀은 아직도 우리를 찾지 못했다. 더 정확히는 전혀 다른 곳을 뒤지고 있을 것이다. 아마도 아라비아 쪽을 찾고 있겠지. 내일까지 비행기가 도착하는 소리를 우리는 듣지 못할 것이다. 그때엔 우리 역시 우리 비행기를 포기한 상태이리라. 멀리서 어쩌다 한 번 비행기가 지나간다 해도 우리를 못 보고 무심히 지나칠 것이다. 사막의 헤아릴 수 없는 검은 점과 뒤섞인 검은 점 하나를 발견해달라고 요구할 수는 없는 노릇이다. 이러한 고통에 내가 시달릴 것이라고 생각한다면 전혀 아니다. 나는 어떤 고통도 겪지 않을 것이다. 내 생각에 수색팀은 전혀 다른 세계를 돌아다니고 있는 것만 같으니까.

　　행방을 알 수 없는 비행기를 찾으려면 3,000킬로미터의 사막을 2주간은 수색해야 한다. 그들은 우리를 트리폴리아니에서 페르시아에 거쳐 찾고 있을 것이다. 하지만 오늘도 나는 이 일말의 행운을 버리지 않고 있다. 다른 방도가 없기 때문이다. 나는 전략을 바꾸어 혼자서 탐험에 나서기로 결정한다. 프레보는 불을 준비했다가 사람들이 나타나면 불을 붙일 것이다. 물론 방문자는 없을 테지만.

　　그렇게 나는 길을 나섰다. 돌아올 힘이 남아 있을지조차 알지 못한 채로. 리비아 사막에 대해 알고 있는 것들을 머릿속에 떠올린다. 사하라 사막은 습도가 40퍼센트로 유지되지만 리비아 사막은 18퍼센트까지 떨어진다. 그러면 생명도 수증기처럼 증발하는 것이다. 베두인족들과 여행자들과 식민지 장교들은 인간이 물을 마시지 않고 19시간까지 살 수 있다고 알려 준 바 있다. 20시간이 흐르면 인간의 눈은 빛으로 가득 차고, 끝이 시작된다. 갈증이 지속되는 건 그 정도로 치명적이다.

하지만 저 비정상적인 북동풍, 우리를 속여 온갖 예측과 달리 우리를 고원에 못박아두었던 그 바람이 이제 우리의 생명을 연장시킨다. 동이 트고 첫 햇살이 비치기 전 우리에게 허락된 유예 시간은 얼마나 될 것인가?

그렇게 나는 길을 나섰다. 카누를 타고 바다 위를 출발하는 것만 같다.

새벽빛이 우리를 감싸고 있어 풍경은 덜 침울해 보인다. 나는 도적처럼 주머니에 손을 넣고 걷는다. 어제 저녁 알 수 없는 땅굴 몇 개의 입구에 올가미를 설치했다. 내 안에서 밀렵꾼의 자아가 깨어난다. 우선 덫을 확인해 보러 간다. 덫은 텅 비어 있다.

그러니 피 한 방울도 마실 수 없는 상황이다. 솔직히 그걸 바라지도 않았다.

나는 실망하지 않았다. 반대로 궁금증이 든다. 이 사막에서 동물들은 어떻게 살아간단 말인가? 아마도 토끼처럼 큰 몸집에 커다란 귀를 가진 '페넥'이라는 사막여우는 가능할 것이다. 나는 내 욕망이 이끄는 대로 그들의 자취를 좇는다. 사막여우들은 나를 이끌고 좁은 사막해변으로 데려간다. 그들의 발자국들이 뚜렷이 찍혀 있다. 나는 부채꼴 형태의 발가락 세 개가 만들어낸 귀여운 나뭇잎 발자국에 감탄한다. 동이 틀 때 내 친구 페넥이 살그머니 도망치다가 돌멩이 위에 내린 이슬을 널름거리며 마시는 모습을 상상한다. 여기서는 발자국 간격이 벌어졌네. 달려갔구나. 여기서는 친구 페넥이 합류한 듯하네. 둘이서 나란히 이동했으리라. 기묘한 기쁨에 젖어 나는 아침 산책에 참여한다. 이런 생명의 신호들이 나는 좋다. 내가 목이 마르다는 사실도 잊어버린다…….

결국 나는 사막여우들의 먹이 저장실에 다다른다. 이곳에는 수프그릇 크기만 한 작고 건조한 소관목이 100미터 간격으로 모래에 심겨져 있었고, 줄기에는 작은 금빛 달팽이들이 붙어 있었다. 새벽마다 여우는 먹이를 저장하러 그곳에 가리라. 이곳에서 나는 거대한 자연의 신비와 맞닥뜨린다.

나의 여우는 모든 관목마다 멈추지는 않는다. 달팽이들이 주렁주렁 달린 관목은 싫다며 지나친다. 여우는 관목에 접근한 후 확연히 조심스러운 태도로 한 바퀴 돌지만 그걸 넘어뜨리지는 않는다. 그리고 관목에 붙은 달팽이 두세 개를 먹고서 다른 식당으로 옮겨간다.

아침 산책을 더 길게 즐기려고 단번에 허기를 잠재우지 않는 놀이를 하는 걸까? 그렇지는 않은 듯하다. 여우의 놀이는 필수적인 전략과 너무도 잘 들어맞는다. 페넥이 첫 관목의 열매를 다 먹어 버린다면 두세 번의 식사만으로도 나무는 황폐해진다. 그러다간 이 나무에서 저 나무로 옮겨 다니는 사이, 나무를 초토화하는 결과가 될 것이다. 그렇지만 페넥은 이 파종을 망치지 않으려고 꽤나 조심한다. 한 번의 식사를 위해 백여 개의 갈색 나무를 돌아다닐 뿐 아니라, 같은 가지에 나란히 붙은 달팽이는 두 개도 먹지 않는다. 모든 게 페넥이 위험을 인식하고 있다는 듯이 진행된다. 만일 조심성 없이 다 먹어치우면 달팽이는 남아나지 않을 것이다. 달팽이가 없어지면 페넥도 사라질 것이다.

페넥의 흔적을 따라가다 보니 땅굴에 다다른다. 페넥은 내 발소리에 놀라 가만히 내 소리를 듣고 있다. 나는 말을 건넨다.

"작은 친구야, 난 궁지에 몰렸단다. 하지만 이상한 건 말이지, 이런 상황에서도 네가 어떤 동물인지 너무 궁금하다……."

나는 몽상에 잠겨 그곳에 머무른다. 사람은 무슨 일에든 적응하는 동물 같다. 30년 후에 죽을 거라는 사실도 인간의 기쁨을 망치지 못한다. 30년 후, 사흘 후……. 그것은 관점의 문제이므로.

하지만 어떤 이미지들은 잊어버려야 한다…….

이제 나는 가던 길을 계속 간다. 피로감으로 이미 내 안의 무언가가 변화되었다. 신기루가 여기 있는 게 아니라면 내가 만들어낸 것이다…….

"어이!"

나는 양 팔을 들어 소리를 질렀지만 나부끼듯 움직이는 그 사람은 검은 암석일 뿐이었다. 사막에서는 모든 것이 살아 움직인다. 나는 자고 있던 베두인 사람을 깨우고 싶었지만 그는 일순 검은 나무줄기로 변해 버렸다. 나무줄기라니? 그것의 존재에 깜짝 놀라 몸을 기울인다. 나는 부러진 나뭇가지를 들어 올리고 싶었다. 대리석 무늬를 띤 나뭇가지였던 것이다! 몸을 일으켜 내 주변을 바라본다. 검은 대리석 나뭇가지들이 눈에 띈다. 노아의 대홍수 이전에 조성된 듯한 숲은 바닥에 부러진 나무줄기들을 잔뜩 흩뿌려 놓았다. 숲은 하나의 성당처럼 허물어져 있었다. 10만 년 전 창세기의 대폭우를 거치며 그렇게 되었으리라. 몇 백 년의 세월이 쇳조각처럼 반들반들하고 단단하며 잉크를 칠한 듯 투명한 나무기둥의 몸통을 내가 있는 현재로 굴려 보냈다. 나는 여전히 나뭇가지의 마디를 구분하고, 생명의 뒤틀린 흔적을 알아보며, 나이테를 세기도 한다. 새들과 음악으로 가득 들어찼던 이 숲은 저주에 걸려 소금으로 변해 버렸다. 이 풍경이 내게 적대적으로 느껴진다. 언덕들의 검은 갑옷보다 더 칠흑 같은 이 장엄한 잔해들이 나를 거부한다. 이곳에서 썩지 않는 대리석 사이에 살아 있는 나는 무엇을 해야 하는가? 소멸할 수밖에 없는 나, 육체가 썩어갈 나는 이곳의 영원 가운데 무엇을 해야 하는가?

어제부터 나는 이미 80킬로미터 가까이 걸어다녔다. 지금 현기증이 나는 건 갈증 때문이리라. 아니면 태양 때문이거나. 태양은 기름칠을 한 듯 윤이 나는 줄기들 위에 빛을 발한다. 이 우주적인 등껍질 위에서 빛나고 있다. 여기엔 사막도 여우도 존재하지 않는다. 여기엔 거대한 철침만 존재한다. 나는 그 철침 위를 걷는다. 머릿속에서 태양이 광광 울리는 걸 느끼면서. 아! 그곳에는…….

"어이! 어이!"

'거기 아무것도 없어, 움직이지 마, 환영이라고.'

나는 나 자신에게 말한다. 나의 이성에 호소해야 할 순간이었다. 내가 보고 있는 걸 거부하는 게 힘들다. 움직이는 카라반을 향해 달리지 않기가 이렇게도 힘들다니……. 저기……. 저걸 보라고!

'머저리 같으니, 그걸 만들어내는 건 너 자신이야…….'

'그렇다면 세상에 어떤 것도 진짜가 아니군…….'

언덕 위에 있는 나에게서 20킬로미터 떨어진 십자가 말고 어떤 것도 진짜가 아니다. 그 십자가 혹은 등대…….

그쪽은 바다 방향이 아니다. 그렇다면 십자가다. 밤새 나는 지도를 면밀히 살펴보았다. 내 작업은 소용이 없긴 했다. 내가 어디 있는지 모르니 말이다. 하지만 사람의 흔적이 있을 것 같은 표시들을 모조리 몸을 숙여 들여다보았다. 그러다가 한 곳에서 십자가 비슷한 것 위에 달린 작은 원을 발견했다. 지도의 설명을 참고했고 읽어 보았다. "종교시설" 십자가 옆에 검은 점이 보였다. 다시 설명을 읽었다. "영원히 마르지 않는 우물" 나는 마음 깊은 곳에서 충격을 받아 큰소리로 다시 읽었다. "영원히 마르지 않는 우물⋯⋯. 영원히 마르지 않는 우물⋯⋯. 영원히 마르지 않는 우물!" 알리바바가 발견한 보물들이 그 영원한 우물에 비하겠는가? 그 지점에서 조금 떨어진 곳에는 흰색의 원 두 개가 표시되어 있었다. 나는 지도의 설명을 읽었다. "간헐천." 그것은 이미 아름다움이 덜했다. 그 주변엔 아무것도 없었다. 아무것도.

내가 지도에서 본 종교시설이 바로 저기다! 수도사들이 조난자들을 이끌어 주려고 언덕 위에 커다란 십자가를 세웠던 것이리라! 이제 십자가를 향해 걸어가는 방법밖에 없었다. 성 도미니크회 수도사들을 향해 달려가는 길밖에는 없었다⋯⋯.

'하지만 리비아엔 콥트파 수도원만 있다고 알고 있는데.'

'성실한 성 도미니크회 수도사를 향해⋯⋯. 거기엔 붉은 격자무늬의 시원하고 멋진 부엌, 정원엔 굉장한 녹슨 펌프가 있겠지. 녹슨 펌프 아래, 녹슨 펌프 아래, 예상했다시피 녹슨 펌프 아래 영원히 마르지 않는 우물이 있을 거야! 아! 내가 문 앞에서 벨을 누르고 큰 종을 울렸을 때 그곳에선 잔치가 한창이겠지……'

'머저리, 네가 그리는 건 프로방스의 집들이야. 프로방스엔 종 같은 건 없는데 말이야.'

'…… 내가 큰 종을 울리면! 문지기가 두 팔 벌려 나에게 외치겠지. "당신은 주님이 보내신 분이 아닙니까!" 그리고 그는 모든 수도사들을 부를 것이다. 그들은 앞 다투어 달려올 것이다. 그들은 나를 불쌍한 아이처럼 환영할 것이다. 그리고 나를 부엌으로 밀어넣으며 그들은 말하겠지. "잠시만, 잠시만, 나의 아들아……. 영원히 마르지 않는 우물까지 우리 달려가자……."'

'그럼 나는 행복에 겨워 몸을 부르르 떨겠지…….'

물론 아니다. 저 언덕 위에 십자가가 없다는 이유 하나로 울고 싶지는 않다.

서쪽의 약속들은 거짓말에 불과하다. 나는 정북쪽으로 완전히 방향을 틀었다.

북쪽은 적어도 바다의 노래들로 가득 차 있다.

아! 봉우리를 넘으면 지평선이 펼쳐지겠지. 세상에서 가장 아름다운 도시가 있다.

'그게 신기루라는 거 알고 있지……'

나는 그것이 신기루임을 잘 안다. 다른 누구도 아닌, 내가 나를 속이는 것이다! 하지만 내가 신기루 속으로 깊숙이 들어가고 싶어 한다면? 바로 내가 그걸 바라고 있다면? 톱니 모양의, 태양의 빛다발로 장식된 이 도시가 내 마음에 든다면? 날쌘 걸음으로 직진하여 걸어가고 싶다면? 그렇게 하면 피로도 느끼지 않고 행복해질 텐데……. 프레보와 리볼버라니, 실소가 나온다! 나는 취한 상태가 더 좋다. 나는 취했다. 나는 갈증으로 죽어가는 중이다!

땅거미가 내려앉자 취기가 가셨다. 나는 너무 멀리 와 있다는 걸 깨닫고 소스라치게 놀라 우뚝 멈춰 섰다. 석양이 지며 신기루도 사라진다. 지평선은 펌프와 저택, 수도사의 의복을 벗어 던졌다. 이제 사막의 지평선으로 돌아온다.

'너무 멀리 나왔어! 밤이 너를 집어 삼킬 거야, 날이 밝기를 기다려야 해. 그런데 내일이면 네 발자국이 다 지워져서 어디로 가야 할지 모르게 되겠지.'

'그렇다면 내 앞에 펼쳐진 길로 계속 걷는 수밖에……. 되돌아가는 게 무슨 소용이 있지? 내가 바다를 향해 두 팔을 벌리게 될 수도 있는데, 아니, 이미 두 팔을 벌리고 있는데 방향을 바꾸고 싶지 않아……'

'어디에서 바다를 본 거지? 너는 결코 바다에 다다르지 못할 텐데. 아마 300킬로미터는 족히 떨어져 있을 거야. 프레보는 시문 근처에서 탐색하며 기다리는 중이고! 그는 아마 카라반 행렬의 눈에 띄었을 거야…….'

그렇다, 나는 돌아갈 것이다. 하지만 그 전에 사람들을 불러보자.

"어이! 이봐요!"

목이 쉬었다. 목소리가 나오지 않는다. 그렇게 소리를 내지르는 내가 우습다……. 나는 다시 한 번 소리를 지른다.

"이봐요!"

과장되고 허세 섞인 소리가 나온다.

결국 나는 되돌아간다.

2시간가량 걸은 후에야 프레보가 하늘로 쏘아올린 불꽃을 발견했다. 그는 내가 길을 잃었다고 생각하고 겁에 질렸으리라. 아! 그 불꽃을 보면서도 어떤 감정도 일지 않는다…….

또다시 1시간을 걷는다……. 그리고 500미터를 더 간다. 다시 100미터. 다시 50미터.

"아!"

나는 깜짝 놀라 걸음을 멈췄다. 격렬한 기쁨이 차오르며 감정이 요동치는 걸 간신히 억누른다. 잉걸불 빛에 환히 비추인 프레보가 엔진에 기대선 아랍인 두 명과 이야기하고 있다. 그는 아직 내가 도착한 걸 알아채지 못했다. 그 역시 기쁨에 완전히 사로잡혀 있으리라. 아! 내가 그와 함께 기다렸다면……이미 구조되었을 텐데! 나는 쾌활하게 소리쳤다.

"어이!"

베두인족 둘이 소스라치게 놀라며 나를 쳐다본다. 프레보가 그들을 떠나 혼자 내 앞으로 온다. 나는 팔을 벌린다. 프레보가 내 팔꿈치를 잡고 나를 붙잡는다. 내가 쓰러질 것 같았나? 내가 그에게 말한다.

"결국 잘됐구나."

"뭐가?"

"아랍인들 말야!"

"무슨 아랍인?"

"저기 자네와 함께 있던 아랍인들!"

프레보가 나를 이상하다는 듯 쳐다보더니, 마지못해 중대한 비밀을 고백하는 듯 말한다.

"아랍인은 없잖아……."

이번에야말로 나는 울음을 터트릴 것만 같다.

6

이곳에서 물 없이 19시간까지 버틸 수 있다. 그런데 어제 저녁 이후로 무얼 마셨지? 새벽이슬 몇 방울을 마셨다! 하지만 우리는 여전히 북동풍의 자장 안에 있어 수분 손실이 천천히 일어난다. 하늘에 드높이 형성된 구름도 가리개 역할을 해주고 있다. 아! 구름층이 우리 쪽으로 방향을 바꾼다면, 비가 내리기만 한다면! 하지만 사막에서는 비가 내리지 않는다.

"프레보, 낙하산을 삼각형 모양으로 잘라 보자. 돌멩이로 그 천들을 지면에 고정시키자고. 바람이 불지 않으면 새벽에 그 천을 짜서 기름탱크에 이슬을 받는걸세."

우리는 별빛 아래 흰색의 낙하산 천 6개를 정렬시켰다. 프레보가 기름탱크 하나를 분리했다. 이제 새벽이 오기를 기다리기만 하면 된다.

프레보가 파편 가운데에서 기적적으로 오렌지를 발견했다. 우리는 그걸 나눈다. 오렌지 하나에 나는 흥분했다. 하지만 20리터의 물이 필요한 상황에서 그건 너무도 작다.

밤을 밝히는 불 옆에 누워, 나는 이 빛나는 과일을 바라보고 혼잣말을 한다.

"이 오렌지 하나가 무슨 의미인지 사람들은 모르겠지……."

또 이렇게도 말한다.

"우리는 사형을 선고받았지만, 그러한 확신도 내 기쁨을 망가뜨리지 못해. 내 손에 쥔 이 오렌지 반쪽이 생애 가장 큰 기쁨을 주는구나……."

나는 드러누운 채 오렌지를 빨아먹는다. 그리고 별똥별을 세어본다. 이 잠깐의 순간, 무한한 행복을 느끼는 내가 있다. 나는 다시 한 번 혼잣말을 한다.

"우리가 살고 있는 세계의 질서는, 그 안에 갇히기 전에는 알아차릴 수 없군."

오늘에서야 나는 사형수에게 담배와 럼주 한 잔이 어떤 의미를 갖는지 이해한다. 그가 이러한 비참함을 받아들이는 이유를 예전에는 미처 알지 못했다. 그러나 그는 거기에서 무한한 기쁨을 얻은 것이다. 그가 미소를 지으면 사람들은 그를 용기 있다고 생각할 것이다. 그러나 그는 럼주를 마실 수 있어 미소를 지은 것이다. 그가 관점을 바꾸었다는 걸, 럼주와 담배 한 개비의 마지막 순간을 인간의 삶으로 기억했다는 걸 누구도 알지 못하리라.

엄청난 양의 물을 모았다. 2리터는 될 것 같다. 이제 갈증과는 안녕이다! 이제 살았다. 물을 마실 수 있다!

나는 기름탱크 안으로 주석잔을 넣어 물을 떴다. 하지만 그 물은 엄청난 녹황색을 띠고 있다. 첫 모금을 마시자마자 몸서리 처지는 맛을 느낀다. 지독한 갈증에도 불구하고 이 물을 넘기기 전에 숨을 참는다. 구정물이라도 마셔야 할 상황임에도, 독이 든 금속 맛은 내 갈증을 뛰어넘고 만다.

프레보가 시선을 아래로 향한 채 바닥을 서성이는 게 내 눈에 보인다. 마치 조심스럽게 무언가를 찾고 있는 것 같았다. 갑자기 그가 몸을 숙이더니 구토를 한다. 구토 중에도 맴도는 걸 멈추지 않는다. 30초 후 이번에는 내 차례다. 나는 심하게 경련을 일으키며 무릎을 바닥에 꿇고 손가락을 모래에 처박았다. 우리는 아무 말도 하지 못했고, 15분 동안 그렇게 격렬하게 몸을 흔들면서 담즙만을 쏟아냈다.

이제 다 끝났다. 나는 가벼운 구역질만 느끼고 있다. 우리는 마지막 희망을 상실하고 말았다. 우리의 실패가 낙하산에 칠해진 도료 때문인지 혹은 기름탱크 물때에 든 4염화탄소의 작용 때문인지 모르겠다. 우리에게 필요한 건 여분의 용기와 천 조각이었다.

자, 서둘러야 한다! 날이 밝아온다. 길을 떠나야 한다! 우리는 이 추한 고원을 빠져나가 우리 앞에 펼쳐진 길을 곧장 성큼성큼 걸어 쓰러질 때까지 나아갈 것이다. 내가 떠올린 건 안데스산맥의 기요메였다. 나는 어제부터 부쩍 그를 생각한다. 비행기 잔해 근처에 머물라는 공식 지침을 위반하면서까지. 수색팀은 이제 이곳으로 우리를 찾으러 오지 않을 것이다.

다시 한 번 우리는 조난당한 사람들이 아니라는 걸 깨닫는다. 조난자라면 응당 기다리는 사람들이다! 우리의 침묵에 위협받는 사람들이다. 끔찍한 실수로 이미 갈기갈기 찢긴 사람들이다. 우리는 그들을 향해 달려가지 않을 수 없다. 안데스에서 귀환한 기요메도 그가 조난자들을 향해 달려갔노라고 말했었다! 그것은 보편적 진리인 것이다.

"만일 세상에 나 혼자 남았다면 나는 쓰러지고 말았을 거야."

프레보가 내게 말한다.

그리하여 우리는 동북동쪽을 향해 곧장 걸어간다. 우리가 나일강을 지나온 거라면, 걸어갈수록 아라비아 사막 깊숙한 곳으로 빠져들어 갈 것이다.

그날의 일은 더는 기억나지 않는다. 기억나는 건 나의 조바심뿐. 그것이 무엇이든 나는 조바심을 내고 있었고, 조바심치며 나의 추락을 향해 나아가고 있었다. 땅을 쳐다보면서 걸어갔던 게 떠오른다. 나는 신기루들 때문에 구토를 느끼고 있었다. 이따금 우리는 나침반을 보며 방향을 수정했다. 한숨 돌리려고 바닥에 눕기도 했다. 밤에 입으려고 갖고 있던 내 방수코트도 어딘가에서 벗어던졌다. 서늘한 저녁이 시작될 때야 나의 기억들이 돌아온다. 나 역시 모래의 일부이기라도 한 듯, 내 안의 모든 것이 지워져 버렸다.

해가 지고 있어, 우리는 야영을 하기로 결정한다. 멈추지 않고 계속 걸어야 한다는 건 잘 알고 있다. 물 없이 밤을 보냈다가는 죽을 수도 있으니. 하지만 우리는 낙하산 천조각을 가져왔다. 그 독이 도료에서 나온 게 아니라면 내일 아침 마실 물을 얻을 수 있을 것이다. 다시 한 번 별빛 아래에서 이슬을 가둘 덫을 설치해야 한다.

그러나 오늘 밤 북쪽 하늘엔 구름 하나 보이지 않는다. 바람의 냄새도 바뀌었다. 바람의 방향도 달라졌다. 사막의 뜨거운 숨결이 우리를 스치고 지나갔다. 맹수가 깨어날 시간이다! 나는 우리의 손과 얼굴을 핥고 지나가는 사나운 사막의 존재를 느낀다.

계속 걷는다 해도 10킬로미터를 넘지 못할 것이다. 물을 마시지 않고 사흘 전부터 180킬로미터를 걸었으니…….

내가 막 멈춰 서려는 순간 프레보가 말했다.

"분명 저기 보이는 건 호수야."

"미쳤나?"

"이 시간에 땅거미가 지고 있는데 신기루가 보이겠나?"

나는 아무 대답도 하지 않았다. 나는 내 눈에 보이는 것들을 믿지 않기로 한 지 오래되었다. 물론 그것은 신기루가 아닐 수도 있다. 그렇다면 우리 광기의 산물이겠지. 어떻게 프레보는 아직도 그걸 믿고 있지?

프레보는 굽히지 않았다.

"20분 거리야. 보고 올게……."

그의 고집스러움에 짜증이 난다.

"보고 와. 바람도 쐬고…… 건강에 좋겠군. 하지만 자네가 말한 호수가 존재한다 해도 소금물일 거야. 그걸 알아두게. 소금물이든 아니든 아득히 먼 곳이겠지. 실상은 아무것도 존재하지 않겠지만."

프레보는 뚫어지게 그쪽을 바라보며 멀어져 간다. 그러한 절대적인 이끌림의 정체를 나는 잘 안다!

'기관차 밑으로 몸을 던지는 몽유병자나 마찬가지잖아.'

나는 프레보가 돌아오지 않으리라는 걸 안다. 허기로 인한 현기증이 그를 덮칠 것이고 그는 돌아올 수 없을 것이다. 이곳에서 멀리 떨어진 곳에서 쓰러질 것이다. 그는 그대로, 나는 나대로 죽을 것이다. 이 모든 게 하등 중요하지 않다!

나는 이런 무관심을 좋은 징조로 보지 않는다. 물에 빠져 반쯤 죽어갈 때도 똑같은 평온함을 느꼈던 것이다. 하지만 나는 평온함을 이용해 바위에 배를 깔고 엎드려 유서를 쓰기로 한다. 나의 유서는 무척 아름답다. 품위가 있다. 나는 그걸 지혜로운 조언들로 가득 채운다. 유서를 재차 읽으며 허영 섞인 희미한 즐거움을 느낀다. 사람들이 이렇게 말하겠지.

"놀랄 정도로 근사한 유언이군! 그가 죽다니 유감스럽소!"

나는 지금 어떤 상태인지 알고 싶다. 침을 만들어 보려고 애쓴다. 몇 시간 동안이나 침을 못 뱉었지? 침이 나오지 않는다. 입을 다물고 있어서 끈적끈적한 물질이 내 입술을 붙여 버렸다. 그 물질이 마르면서 입술 표면에 딱딱한 껍질이 생겼다. 그러나 아직 침을 삼킬 수는 있다. 내 눈은 아직 빛으로 가득 채워지지 않았다. 그 빛나는 광경이 시작되면 앞으로 2시간 정도 남은 것이다.

밤이 내렸다. 어젯밤보다 달이 부풀었다. 프레보는 돌아오지 않는다. 나는 바닥에 드러누워 확실한 것들을 곱씹는다. 내 안에 간직했던 오랜 인상을 하나 발견한다. 그걸 정의해 보려고 애쓴다. 나는…… 나는…… 나는 배 위에 있었다! 남아메리카로 향하고 있었고, 상갑판에 드러누워 있었다. 돛대 끝이 별들 사이에서 아주 천천히 흔들리고 있었다. 지금 이곳에는 돛대가 없지만 나는 어쨌든 배를 타고 있다. 그리고 내 노력을 무색하게 하듯 목적지를 향해 나아간다. 노예상인들이 배 위에 결박한 나를 던져놓았다.

나는 프레보가 돌아오지 않았다는 걸 떠올린다. 그의 불평 소리가 한 번도 들리지 않았던 것이다. 아주 좋다. 불평을 늘어놓는 걸 듣고 있자면 나는 참을 수 없는 기분이 들곤 한다. 프레보는 진짜 남자다.

아! 500미터 떨어진 곳에 그의 램프가 흔들리고 있다! 돌아오는 길을 잃었나 보다! 나는 그에게 답하고 싶지만 흔들 램프가 없다. 나는 일어나서 소리를 지르지만 그는 듣지 못한다…….

그에게서 200미터 떨어진 곳에 두 번째 램프가 켜진다. 세 번째도 켜진다. 세상에, 수색대다. 그들이 나를 찾고 있다!

나는 소리 지른다.

"어이!"

하지만 사람들은 듣지 못한다.

램프 세 개가 계속 구조신호를 보내고 있다.

나는 오늘 밤 제정신이다. 내 감각을 제대로 느끼고 있다. 평온하다. 나는 주의 깊게 그들을 쳐다본다. 500미터 떨어진 곳에 세 개의 램프가 있다.

"어이!"

하지만 여전히 그들은 듣지 못한다.

나는 순간 패닉에 사로잡힌다. 내가 겪게 될 유일한 공포. 아! 나는 아직 뛸 수 있지.

"기다려요…… 기다려요……."

그들이 몸을 돌렸다! 그들이 멀어진다. 다른 곳을 수색하러 간다. 그런데 나는 쓰러질 것만 같다! 나를 받아줄 팔들이 도착했는데 생명의 문턱에서 쓰러지다니!

"어이! 어이!"

"어이!"

그들이 내 소리를 들었다. 나는 질식할 것만 같다. 질식할 것 같지만 계속 달린다. 목소리가 들리는 방향으로 달려간다.

"어이!"

나는 프레보를 알아보고 그만 쓰러진다.

"아! 램프 불빛들을 분명히 봤어!"

"무슨 램프?"

그의 말이 맞았다. 그 외에 다른 사람은 없었다.

이번에 나는 절망감조차 느끼지 않았다. 알 수 없는 분노가 치민다.

"자네가 본 호수는?"

"내가 다가가면 멀어지더라고. 호수 쪽으로 30분간 걸었는데. 30분 후에 다시 더 멀어져 있어. 그래서 되돌아왔지. 근데 그거 호수는 맞아……."

"자네 진짜 미쳤어, 완전히 미쳤군. 아! 왜 그런 짓을 하는 건가? 도대체 왜?"

그는 무슨 짓을 했지? 도대체 왜 그런 짓을? 나는 분한 마음에 울음이라도 터질 것 같았다. 왜 이토록 분한 건지 이유도 알지 못한 채로. 프레보가 목멘 목소리로 내게 설명한다.

"마실 물이 너무나 간절하니까……. 자네 입술이 새하얀 걸 보라고!"

아! 나의 분노가 잠잠해진다……. 나는 잠에서 깬 것처럼 손으로 이마를 쓸어본다. 슬픔이 올라온다. 나는 부드럽게 말한다.

"나도 봤어. 내가 지금 자네를 보듯이, 분명히 램프 세 개를, 절대 착오가 아니야……. 확실히…… 나 역시 그걸 봤다고 말하는 거야, 프레보!"

프레보는 입을 다물다가 이내 말했다.

"그래, 상황이 나쁘군."

그가 고백한다.

대기가 바싹 마른 상태에서 대지는 금세 열을 발산해 버린다. 이미 사무치게 춥다. 자리에서 일어나 걸어본다. 하지만 금방 떨리는 몸을 참을 수 없다. 탈수 상태에 이른 혈액이 잘 돌지 않아서, 얼음장 같은 추위가 내 몸을 관통한다. 그저 밤에 느끼는 추위와는 차원이 다르다. 턱이 덜덜 떨리고 몸 전체가 경련하듯이 뒤틀린다. 손이 너무 떨려서 전등을 쓸 수 없다. 나는 원래 추위에 민감한 편이 아니었으나 이제 추위로 죽게 되었다. 갈증의 여파는 너무도 기이했다!

나는 한낮의 열기에 지쳐, 들고 다니던 내 방수코트를 어딘가에 떨어뜨리고 말았다. 그런데 바람이 조금씩 거세진다. 사막에는 피할 곳이 전혀 없다. 사막은 대리석처럼 반들반들하다. 낮에는 그늘 하나 없더니, 밤에는 바람 때문에 뼛속까지 시리다. 내가 은신할 수 있는 대리석 하나, 잡초 하나, 바위 하나 없었다. 바람은 기병부대처럼 허허벌판에 있는 나를 점거해 버린다. 나는 바람을 피하려고 빙빙 돈다. 몸을 뉘였다가 다시 일어난다. 잠이 들든지 서 있든지 나는 얼음장 같은 채찍 앞에 노출되어 있다. 달릴 수도 없다. 일말의 힘도 남지 않았다. 나를 죽이러 온 바람을 피할 수도 없다. 나는 손으로 머리를 감싼 채 모래 속으로 무릎을 꿇고 쓰러졌다!

조금 시간이 흐른 후에야 나는 알아차린다. 내가 자리에서 일어나 여전히 벌벌 떨면서 곧장 앞으로 나아가고 있다는 걸! 내가 어디 있는 거지? 아! 나는 방금 길을 나섰고, 프레보의 목소리를 듣는다! 나를 깨운 것은 그가 부르는 소리였다…….

나는 경련과 딸꾹질로 몸 전체를 뒤틀며 그가 있는 쪽으로 돌아간다. 나는 혼잣말을 한다.

"이건 추위가 아니야. 그것과 달라. 마지막이 온 거야."

나는 이미 극도의 탈수 상태에 빠져 있었다. 그제 너무 많이 걸은 데다 어제 혼자서도 계속 걸었다.

추위 때문에 죽게 되다니 고통스럽다. 내면의 신기루 때문에 죽는 게 더 나으리라. 그 십자가, 아랍인들, 램프들. 다시 그것들에 관심이 쏠린다. 나는 노예처럼 매질을 당하긴 싫다.

나는 또다시 무릎을 꿇고 쓰러진다.

우리는 약을 조금 가져왔었다. 순에테르 100그램, 90퍼센트

알코올 100그램 그리고 요오드 한 병. 나는 에테르를 두세 모금 마시려고 해 본다. 흡사 칼 조각을 삼키는 것만 같다. 90퍼센트 알코올은 내 목구멍을 조인다.

나는 모래 속에 구덩이를 파고 그 안에 누운 후 모래로 몸을 덮는다. 얼굴만 밖으로 나와 있다. 프레보는 잔가지들을 발견했고 불을 지핀다. 불꽃은 금세 사그라들 것이다. 프레보는 모래 속에 몸을 묻는 걸 거부한다. 발을 구르며 추위를 견디는 편이 낫다면서. 그는 틀렸다.

목구멍이 죄어온다. 나쁜 신호다. 하지만 기분은 낫다. 고요한 기분이다. 모든 희망을 내려놓자 고요가 찾아왔다. 나는 별들 아래 노예선 기둥에 묶인 채 마지못해 여행을 떠난다. 하지만 죽을 듯이 불행하지는 않다……

근육을 움직이지만 않으면 추위도 느껴지지 않는다. 내 몸이 모래 아래 잠들어 있다는 것도 잊는다. 나는 움직이지 않을 것이고, 그럼 고통도 없을 것이다. 실제로 우리는 거의 고통을 느끼지 않을……. 이런 모든 고통은 피로와 망상이 한데 뒤얽힌 결과물이다. 모든 것이 그림책으로, 조금은 잔인한 동화로 모습을 바꾼다……. 조금 전에는 바람이 나를 사냥개처럼 몰고 갔고, 그걸 피하려고 나는 짐승처럼 빙빙 돌았다. 그러고 나자 숨이 잘 안 쉬어진다. 무릎 하나가 내 가슴팍을 짓누르고 있었다. 누군가의 무릎이. 나는 천사의 무게와 맞서 싸우는 중이다. 사막에 결코 나 혼자 있는 게 아니었다. 나를 둘러싼 것을 믿지 않게 된 지금, 나는 모래집에 틀어박혀 눈을 감고 속눈썹조차 움직이지 않는다. 쏟아지는 급류 같은 이미지들이 나를 고요한 꿈 쪽으로 쓸어가는 걸 느낀다. 그 강물들은 깊은 바다에 이르면 잠잠해지리라.

잘 있거라. 내가 사랑했던 사람들. 인간의 육체가 물 없이 사흘을 버티지 못한다 해도 그건 내 잘못이 아니다. 내가 이처럼 샘물의 포로가 되리라고는 생각지도 못했다. 물이 없다고 이렇게나 무력하게 아무것도 못 하리라고는 생각도 못 했다. 사람들은 인간이 자기 앞에 난 길로 곧장 나아갈 수 있다고 믿는다. 인간이 자유롭다고 믿는 것이다. 인간을 우물에 묶은 끈을, 탯줄처럼 대지의 뱃속에 묶고 있는 끈을 보지 못한 채. 한 발만 더 내디뎌도 죽는 것이 인간이다.

당신들의 고통만 제외하면 나는 후회스럽지 않다. 모든 걸 돌아보니 나는 운이 좋은 편이었다. 집으로 돌아갈 수만 있다면 나는 다시 시작할 것이다. 나는 삶을 살 필요가 있다. 도시에는 인간적 삶이 존재하지 않는다.

비행에 관한 말이 아니다. 비행기, 그것은 목적이 아니라 수단이다. 우리가 생명을 무릅쓰는 건 비행기를 위해서가 아니다. 농부가 밭을 가는 것이 쟁기를 위해서가 아니듯 말이다. 하지만 비행기를 통해 우리는 도시와 회계사를 떠나, 농부의 진실을 발견하게 된다.

우리는 인간의 일을 하며, 인간의 번민과 불안을 알아간다. 우리는 바람과 별과 밤과 사막과 바다와 연결된 존재들이다. 우리는 자연의 힘과 겨루기도 한다. 우리는 정원사가 봄을 기다리듯이 새벽을 기다린다. 우리는 약속된 땅을 기다리듯 기항지를 기다리고, 별 속에서 자신만의 진실을 찾는다.

나는 불평하지 않을 것이다. 사흘 전부터 나는 걸었고, 타는 듯한 갈증을 느꼈고, 모래 속에 숨은 흔적을 따라왔고, 이슬을 내 희망으로 삼았다. 나는 나와 같은 종인 인간 안으로 들어가려고 노력했다. 그동안 내가 잊고 있었으나 대지에 존재하던 인간이라는 종을. 살아 있는 자들의 번민이 여기 존재한다. 밤마다 뮤직홀로 향하겠다고 결정하는 것보다 그 불안이 더 중요한 것임을 나는 부정할 수 없다.

나는 교외로 가는 열차에 빼곡히 몸을 실은 무리를 이해하지 못한다. 그들은 스스로 인간이라 믿겠지만, 의식하지도 못한 사이 어떤 압박을 받아 마치 개미처럼 쓸모로만 평가된다. 자유로운 시간에 그들은 무얼 하며 그 부조리하고 평범한 일요일을 보내는가?

한번은 러시아의 어느 공장에서 모차르트 연주를 들었다. 나는 그 이야기를 글로 썼다. 그 후 2백 통의 모욕 섞인 편지를 받았다. 나는 음악이 나오는 싸구려 카페를 좋아하는 사람들을 탓하는 건 아니다. 그들은 다른 노래를 알지 못하는 것뿐이다. 내가 원망하는 건 그 카페의 주인이다. 나는 사람들을 망가뜨리는 이들을 좋아하지 않는다.

나는 내 직업에 만족한다. 나는 자신을 기항지라는 밭을 가는 농부라고 생각한다. 반면 교외의 열차는 지금 이곳과 다른 방식으로 흘러가기에 나는 고통을 느낀다! 여기는 그럭저럭 풍요롭지 않은가!

나는 아무런 후회도 없다. 나는 삶을 누렸고, 그걸 잃었다. 그것은 내 직업의 순리다. 어쨌든 나는 바닷바람을 한껏 들이마시지 않았는가.

한번 이를 맛본 이들은 그 맛을 잊지 못한다. 동료들이여, 그렇지 않은가? 위험하게 살아가라는 말이 아니다. 그건 젠체하는 말이다. 나는 투우사를 좋아하지 않는다. 내가 사랑하는 것은 위험이 아니다. 내가 사랑하는 것이 무엇인지 나는 안다. 그것은 삶이다.

하늘이 밝아오는 것 같다. 나는 모래 속에서 한 쪽 팔을 뺀다. 손이 닿는 지점에 낙하산 조각이 있어 만져 보지만 여전히 말라 있다. 기다리자. 새벽이 되어야 이슬이 모이니까. 우리의 천에 물이 배지도 않았건만 동이 트고 있다. 머릿속에 잠시 생각들이 어지러이 떠돈다. 나는 내 안의 목소리를 듣는다.

'메마른 마음…… 메마른 심장…… 바짝 말라버려 눈물 한 방울 만들 줄 모르는구나!'

"길을 나서자고, 프레보! 목구멍이 그나마 열려 있을 때 걸어야 해."

· 7 ·

19시간이면 사람을 완전히 탈수시키는 서풍이 불고 있다. 내 식도는 아직 쪼그라들지 않았으나 딱딱하고 통증이 느껴진다. 식도 안을 무언가가 거칠게 긁는다. 사람들이 미리 알려준 대로 곧 시작될 기침을 기다린다. 혀도 이상하다. 가장 심각한 것은 내가 이미 빛나는 점들을 보았다는 것이다. 그 점들이 불꽃으로 변하면 나는 고꾸라질 것이다.

우리는 빨리 걷는다. 새벽의 쾌적함에 기대면서. 해가 중천에 뜨는 대낮엔 걸을 수 없다는 걸 우리는 잘 알고 있다. 쨍쨍 내리쬐는 햇빛 아래는…….

우리는 땀을 흘릴 권리도 없다. 땀을 기대할 권리도 없다. 이 쾌적함은 습도가 18퍼센트로 유지되는 쾌적함에 불과하다. 바람은 사막의 모래바람이다. 바람이 거짓말처럼 포근하게 우리를 어루만지는 가운데 피가 조금씩 빠져나간다.

우리는 첫날 포도를 조금 먹었다. 사흘 전부터는 오렌지 반쪽과 마들렌 반쪽을 먹은 게 다다. 어디에서 침이 분비되어 음식을 씹을 수 있겠는가? 그러나 나는 허기도 갈증도 느끼지 못한다. 이제는 갈증보다 그로 인한 후유증을 체감할 뿐이다. 목구멍이 굳었다. 혀가 딱딱해졌다. 입 안에 까칠까칠하고 역겨운 맛이 느껴진다. 낯선 감각들이다. 아마 물이 들어가면 나아질 테지만, 물이라는 치료제를 떠올릴 기억조차 사라졌다. 갈증은 점점 병증으로 발전하고 욕망은 점차 줄어든다.

샘과 과일을 떠올리면 그나마 고통이 덜해지는 단계도 지났다. 이제 나는 오렌지의 반짝임을 잊어버렸다. 마치 나의 사랑을 전부 망각해 버린 것만 같다. 이미 나는 모든 것을 잊었는지도 모른다.

우리는 지금 앉아 있으나, 다시 길을 나서야 한다. 이제 오래 걷는 건 포기한다. 500미터 후에 우리는 피로에 주저앉고 만다. 몸을 누일 때에만 큰 기쁨을 맛본다. 하지만 다시 길을 나서야 한다.

풍경이 바뀐다. 돌멩이들의 간격이 벌어진다. 우리는 이제 모래 바닥을 걷는다. 이제 곧장 2킬로미터를 걸으면 모래언덕이다. 모래언덕에는 간간이 키 작은 식물들이 자란다. 고철 갑옷보다 나는 모래가 더 좋다. 그것은 금빛으로 물든 사막이다.

그것이 사하라다. 나는 사하라를 안다고 생각했다······.

이제 나는 200미터를 걷고도 지쳐 버린다.

"어쨌든 적어도 저 나무들 있는 곳까진 가자고."

한계의 끝에 와 있다. 우리는 1주일 후 시문 비행기를 찾기 위해 차를 타고 이 경로를 거슬러오르며 확인할 것이다. 이 마지막 시도에서 우리가 80킬로미터를 걸었다는 것을 말이다. 이미 나는 200킬로미터 가까이 걸었다는 말이 된다. 그러니 내가 어떻게 계속 걸을 수 있겠는가?

어제는 희망 없이 걸었다. 오늘 희망이라는 단어가 빛이 바랬다. 오늘은 그냥 걷고 있으니 계속 걷는다. 아마 밭을 가는 소들도 그럴 것이다. 어제 나는 오렌지나무의 천국을 꿈꾸었다. 하지만 오늘 나에게 천국은 없다. 오렌지의 존재도 믿지 않는다.

내 안에서 바싹 말라버린 심정 말고는 아무것도 발견하지 못한다. 나는 쓰러질 테지만 절망스럽지는 않다. 심지어 고통도 느끼지 않는다. 유감스러운 것은 슬픔이 물처럼 달콤하게 느껴지리라는 것이다. 사람은 자신을 동정하며 스스로를 친구처럼 가련하게 여긴다. 하지만 나는 단 한 명의 친구도 없다.

두 눈이 타 버린 나를 발견하면, 사람들은 내가 수없이 도움을 청했고 죽도록 고통스러워했다고 생각할 것이다. 하지만 충동이나 후회, 희미한 고통도 아직 여유가 있을 때 느끼는 것이다. 내겐 어떤 풍요로움도 없다. 푸릇푸릇한 아가씨들은 첫 사랑을 경험한 저녁 슬픔을 배우고 눈물을 흘린다. 슬픔은 삶의 떨림과 연결되어 있다. 그런데 나는 이제 슬픔의 감정도 느끼지 못한다……

사막이 바로 나다. 내 입엔 침이 고이지 않는다. 마음이 떨릴 정도로 좇던 달콤한 이미지들도 만들어내지 않는다. 태양은 내 안에서 눈물의 근원을 말려 버렸다.

그런데 나는 무엇을 알게 되었는가? 희망의 숨결이 바다 위를 스치는 돌풍처럼 내 위를 지나쳐 갔다. 내 의식에 타격을 입히기 전 본능에 경고를 보낸 신호는 무엇인가? 변한 것은 아무것도 없는데, 그럼에도 모든 것이 변했다. 넓게 층을 이룬 모래, 살짝 덤불이 덮인 이 장소는 풍경이 아니라 하나의 장면을 이룬다. 여전히 텅 비어 있으나 모든 것이 준비된 장면. 나는 프레보를 쳐다본다. 그도 나만큼이나 놀라서 어안이 벙벙했으나, 자신이 느낀 것이 무엇인지 조금도 이해하지 못하리라.

장담하건대 무슨 일이 곧 일어날 것이다……

장담하건대 사막이 움직이며 활기를 띠고 있다. 장담하건대 이 부재와 침묵은 한순간, 소란스러운 광장보다 더 내 마음을 움직인다……

우리는 이제 살았어, 모래에 남은 발자취가 있다!

아! 우리는 인간 종의 흔적을 잃어버렸고, 부족들에게서도 떨어져 나왔으며, 일반적인 이동로에서도 잊혀진 채 세상에 우리만 남겨졌었다. 그런데 모래에 남은 기적과도 같은 사람의 발자국을 발견한 것이다.

"여기에서, 프레보, 두 사람이 갈라졌군……."

"이곳에서 낙타가 주저앉았었어……."

"여기에……."

그러나 우리는 아직 구조되지 못했다. 기다리고 있을 시간이 없다. 몇 시간 후면 사람들에게 구조되지 못할지도 모른다. 일단 기침이 시작되자 갈증의 여파가 급속도로 진행되었다. 우리의 목구멍은…….

하지만 낙타 위에서 규칙적으로 흔들리며 사막 어딘가를 지나는 카라반이 있을 거라고 나는 믿는다.

우리는 계속 걸었다. 갑자기 닭 우는 소리가 들렸다. 기요메가 말한 적이 있다.

"마지막 순간에는 안데스에서 수탉 울음을 들었다네. 기차 지나가는 소리도 들렸고……."

닭이 우는 바로 그 순간, 나는 기요메의 이야기를 떠올리고 생각했다.

'처음엔 눈이 나를 속이더니. 갈증 때문이군. 그나마 귀가 지금까지 버텼던 건가…….'

그런데 프레보가 내 팔을 붙잡더니 말했다.

"저 소리 들리나?"

"무슨 소리?"

"수탉 소리!"

"그러면…… 그러면…….."

당연하지, 멍청이 같으니, 드디어 살게 된 거야…….

나는 마지막 환각을 경험했다. 개 세 마리가 서로 쫓고 있었다. 프레보 역시 그쪽을 쳐다보았으나 아무것도 보지 못했다. 하지만 우리 둘 다 그 베두인족을 향해 팔을 내밀었다. 우리 둘 다 최대한 숨을 모아 그를 향해 소리를 보내려고 했다. 우리 둘 다 행복에 겨워 웃었다!

그러나 베두인족과 낙타는 방금 작은 언덕 뒤로 모습을 감추더니, 느릿느릿 멀어져 갔다. 아마 그는 혼자 있었으리라. 빌어먹을 악마가 우리에게 그를 보여주었다가 뺏어 버렸다…….

우리는 이제 더는 달릴 수도 없다!

다른 아랍인 하나가 모래언덕 위에 실루엣을 드러낸다. 우리는 소리를 질러보지만 기어들어가는 소리만 나올 뿐이다. 우리는 팔을 흔들어 하늘에 엄청난 신호들을 보내려고 한다. 하지만 그 베두인족은 계속 오른쪽만 쳐다보고 있다…….

바로 그때 그가 느긋하게 90도쯤 몸을 돌렸다. 그가 정면으로 바라보는 바로 그 순간, 모든 것이 이루어질 것이다. 그가 우리 쪽을 쳐다보는 바로 그 순간, 이미 우리 안의 갈증, 죽음,

신기루들이 사라질 것이다. 그가 90도 몸을 돌렸고 이미 그것만으로도 세상이 바뀌었다. 그의 상반신의 움직임으로, 시선의 이동만으로도 그는 생명을 창조한다. 내겐 그가 신과 다름없어 보인다…….

그것은 기적이다……. 그가 바다 위를 걷는 신처럼 모래 위를 걸어 우리 쪽으로 걸어온다…….

아랍인은 우리를 바라보기만 했다. 그가 우리 어깨를 손바닥으로 누르자, 우리는 그가 하는 대로 몸을 맡겼다. 우리 둘은 바닥에 드러누웠다. 이곳에 인종도 언어도 분열도 존재하지 않는다……. 천사장의 손으로 우리 어깨를 지그시 누른 이 어여쁜 유목민만 존재할 뿐이다.

우리는 모래바닥에 이마를 처박고 기다렸다. 이제 우리는 드러누운 채로 대야에 머리를 처박고 송아지처럼 물을 마신다. 베두인족은 깜짝 놀라서 매순간 우리를 멈추려고 붙든다. 하지만 그가 우리를 놓아주자마자 우리는 다시 물속에 얼굴을 집어넣는다.

물이다!

물, 너는 맛이나 색깔, 향기를 지니지 않아 우리는 너를 정의할 수 없다. 우리는 너를 알지 못한 채로 맛볼 뿐이다. 너는 생명에 필요한 것이 아니라 너 자체가 생명이다. 너는 의미를 설명할 수 없는 기쁨으로 우리를 관통한다. 너와 더불어, 우리가 포기했던 모든 힘들이 우리 안으로 돌아온다. 너의 은총으로 심장의 말라버린 모든 근원이 우리 안에 열린다.

너는 세상에 존재하는 가장 위대한 풍요로움이다. 너는 또한 누구보다 섬세하며, 대지의 중심에서 그토록 순수한 존재다. 마그네슘이 든 샘물 근처에서 죽기도 하는 게 사람이다. 소금물이 흐르는 호수를 지척에 두고도 죽는 게 사람이다. 불분명한 소금 성분을 함유한 이슬방울 2리터에도 사람은 죽는다. 너는 다른 무엇과도 섞이는 걸 거부하고, 변화를 견디지 못하며, 까다로운 신성을 가진 존재다…….

하지만 너는 우리 안에 무한히 단순한 행복을 퍼트린다.

우리를 구해준 당신, 리비아의 베두인족, 당신은 내 기억에서 영원히 지워질 것이다. 나는 앞으로 당신의 얼굴을 기억하지 않을 것이다. 당신은 '인간'이며, 당신은 동시에 모든 인간의 얼굴을 하고 내 앞에 나타났다. 당신은 우리를 뚫어지게 쳐다보지 않고도, 이미 우리를 알아보았다. 당신은 사랑스러운 형제다. 이번에는 내가, 모든 인간 중에서도 당신을 알아볼 것이다.

당신은 고귀함과 호의 어린 모습으로 내 앞에 나타났다. 당신은 우리에게 마실 물을 줄 위대한 영주와 같다. 당신 안에 있는 나의 모든 친구들과 적들이 나를 향해 걸어온다. 이제 나의 세상에 적은 한 명도 없다.

· 8 ·

인간들

· 1 ·

나는 이해할 수 없었던 진실에 조금 더 다가갔다. 어디로 가야 할지 방향을 잃었고 절망의 밑바닥까지 닿았다고 생각했건만, 일단 포기를 받아들이자 평온이 밀려왔다. 이런 시간 속에서 인간은 스스로를 발견하고, 자신의 친구가 되는 것이리라. 이제 충만함의 감정보다 더 중요한 건 내게 남지 않았다. 나 자신도 알지 못했던 내면의 본질적 욕구를 충만함은 가득 채워준다. 내 생각에 바람을 따라 질주하며 지쳐갔던 보나푸는 이러한 평온을 경험했을 것이다. 눈 속에 묻혀 있던 기요메 역시 그러했을 것이다. 모래 구덩이에 목까지 파묻힌 채 갈증으로 서서히 죽어가면서도 별들의 망토 아래 따스함을 느끼던 밤을, 나 역시 어떻게 잊겠는가.

우리 내면에 이러한 일종의 해방감을 어떻게 고무시킬 것인가? 인간에게는 모든 것이 역설적이라는 사실을 우리는 잘 안다. 창작을 하라며 빵을 주면 그걸 받은 이는 잠을 잔다. 승리를 거둔 정복자는 기세가 누그러들고, 너그러운 사람도 부를 얻으면 수전노가 된다. 만일 정치적 견해가 어떤 종류의 인간을 성숙하게 만드는지 알지 못한다면, 인간을 성숙시킨다고 주장하는 정치적 교리들이 무슨 소용이 있을까? 누가 태어나려 할까? 우리는 사료를 먹는 가축이 아니다. 가난한 파스칼의 탄생이 이름 모를 부자들의 등장보다 훨씬 영향력이 크다.

우리는 본질적인 것을 예측할 줄 모른다. 우리는 모두 기쁨을 전혀 기대하지 않았던 곳에서 가장 열렬한 기쁨을 맛보았다. 어떤 비참함이 우리에게 기쁨을 허락했다면 우리는 기쁨을 위해 비참함을 그리워하며 향수를 느끼기도 한다. 동료들이 무사히 귀환할 때마다 우리는 하나같이 나쁜 기억 뒤에 따라오는 마법의 시간을 맛보았다.

미지의 조건이 우리를 풍요롭게 한다는 걸 제외하고, 우리가 알고 있는 건 무엇인가? 인간의 진실은 어디에 있단 말인가?

진실은 결코 증명되는 게 아니다. 다른 곳이 아닌 바로 이 토양에서 오렌지나무가 굳건히 뿌리내리고 과실을 맺는다면, 그 토양이 오렌지나무의 진실이다. 만일 다른 어떤 것이 아닌 한 종교, 문화, 가치들과 활동 형태가 한 인간을 풍요롭게 하고, 그의 내면에서 자신도 알지 못했던 위대한 영주를 해방시킨다면, 그것이 인간의 진실이다. 그렇다면 논리는? 그것은 삶을 해명하기 위해 얽힌 것을 풀어가는 작업인 것이다!

이 책 전반에서 나는 절대적 소명을 따랐던 이들의 이야기를 했다. 그들은 신부나 수녀가 수도원을 택하듯, 사막 혹은 항로를 선택한 사람들이다. 그런데 이 이야기를 들은 당신이 그들을 찬양해야 할 것처럼 느꼈다면 내 목적은 실패했다. 무엇보다도 찬양해야 할 대상이 있다면 그것은 그들이 토대를 둔 대지다.

소명에는 역할이 있다. 어떤 사람은 자신의 가게 밖을 나가지 않는가 하면, 어떤 사람은 가야만 하는 곳으로 결연히 떠난다. 그들의 어린 시절에서 우리는 약동하는 작은 씨앗, 그들의 운명을 설명해주는 충동의 싹을 발견할 것이다. 그러나 사후의 역사는 사람들을 현혹시키는 법이다. 그러한 충동은 모두에게서 발견되는 것이리라. 우리는 재난이나 화재를 당한 밤에, 며칠 동안이나 자기 한계를 뛰어넘어 위대함을 보여준 가게 주인들을 알고 있다. 그들은 자신들이 느낀 충만함의 본질을 잘못 이해하는 법이 없다. 그러한 화재는 그들 인생의 잊을 수 없는 밤으로 남을 것이기 때문이다. 하지만 새로운 기회나 비옥한 대지, 엄격한 종교를 갖지 못했기에 그들은 자신의 위대함을 깨닫지 못한 채 다시 잠들고 만다. 분명 소명 의식은 인간이 해방되도록 돕는다. 하지만 소명 그 자체를 해방시키는 것도 필요하다.

공중에서 보낸 밤들, 사막의 밤들……. 그러한 경험은 무척 드문 경우이며, 모두에게 허락되지 않는다. 하지만 그런 상황이 닥치면 인간은 하나같이 동일한 욕구를 드러낸다. 내게 깨달음을 준 스페인의 하룻밤에 대해 들려주겠다. 내 주제에서도 벗어나지 않는 이야기다. 앞서 특정 인물들의 이야기를 많이 했으므로, 이제 모두에 대한 이야기를 하고 싶다.

내가 특파원으로 방문한 마드리드 전선에서의 일이었다. 그날 저녁 나는 지하 은신처 내 어느 젊은 대위의 식탁에서 식사를 하고 있었다.

· 2 ·

우리가 대화를 나누고 있을 때 전화벨이 울렸다. 통화가 길게 이어졌다. 사령부의 지령에 따라 지역 공습을 명령하는 내용이었다. 노동자들이 사는 교외에서 콘크리트 요새로 변한 집 몇 채를 철거해야 한다는 불합리하고 절망적인 공습을 전달하는 내용이었다. 대위는 어깨를 으쓱하고 우리에게 돌아왔다.

"우리 중 가장 먼저 출동할 사람은……."

그러고 나서 그는 코냑 두 잔을, 한 잔은 중사 쪽으로, 한 잔은 내 쪽으로 내밀었다.

"자네가 나와 제일 먼저 출동할 걸세. 마시고 들어가 자도록 하게."

그가 중사에게 말했다.

중사는 자러 간다. 이 식탁 주변에는 열 명가량이 밤을 지새우고 있다. 빛이 새어 나가지 않게 판자로 틈을 메운 이 방은 조명이 너무 강해 나는 눈을 깜빡거린다. 5분 전 나는 총안을 통해 밖을 내다보았다. 출구를 막고 있던 천을 걷고서, 나는 공습을 받아 폐허가 된 집들이 어두운 빛을 발산하는 달빛 아래 무너져 있는 걸 보았다. 다시 내린 천이 기름을 지우듯 달빛을 닦아 지운다. 이제 내 눈앞에 암울한 요새의 이미지가 아른거린다.

그 군인들은 아마 되돌아오지 못할 테지만, 신중하게 입을 다물고 있다. 이러한 공격은 불가피하다. 곡식 창고에서 곡식을 꺼내 쓰듯이, 수많은 인간 저장소에서 그들은 차출된다. 우리는 한줌의 씨앗을 뿌려 파종을 한다.

　우리는 코냑을 마신다. 내 오른쪽 사람들은 체스를 두며 토론 중이다. 내 왼쪽에서는 농담을 주고받고 있다. 나는 지금 어디 있는 것일까? 반쯤 취한 남자가 들어온다. 그는 덥수룩한 수염을 어루만지면서 우리를 부드럽게 쳐다본다. 그의 시선이 코냑 위로 미끄러져 오더니 멀어졌다가 코냑으로 돌아왔다가, 다시 돌아서 간청하듯 대위 위에 멈춘다. 대위가 나직하게 웃는다. 희망을 본 남자 역시 웃는다. 가벼운 웃음소리가 지켜보는 사람들 위에 내려앉는다. 대위는 부드럽게 술병을 회수하고, 남자의 시선은 절망어린 표정을 연기하고, 이 유치한 게임은 이렇게 시작된다. 자욱한 담배 연기를 뚫고, 하얗게 마모되는 밤의 가운데로, 임박한 공격의 이미지를 통과해 침묵의 발레가 꿈처럼 펼쳐지는 것이다.

　우리가 배의 화물창 안에 아늑하게 갇혀 있는 동안, 밖에서는 거친 바다의 습격과도 같은 폭발음이 한층 커지고 있다.

　이 남자들은 조금 후면 땀과 술, 기다림으로 찌든 때를 전쟁의 밤이라는 왕수(王水) 속에서 씻어낼 것이다. 그들이 정화될 시간이 가까워졌음을 느낀다. 하지만 그들은 여전히 술 취한 사람과 술병의 발레를 할 수 있는 한 멀리 추는 중이다. 그들은 가능한 한 오래 체스를 둔다. 그들은 할 수 있는 한 생명을 연장시키려고 한다. 하지만 그들은 선반 위 자명종시계를 맞춰 두었다. 알람소리가 울려퍼지면 이 남자들은 일어나 기지개를 켜고, 요대 버클을 채울 것이다. 대위는 권총집에서 리볼버를 뺄 것이다. 취한 자는 술이 깰 것이다. 그러면 모두들 너무 서두르지 않고 복도로 나가 완만한 경사로를 올라가 푸른 달빛이 비치는 장방형 문에 다다를 것이다. 그들은 단순한 몇 마디, 이를테면 "빌어먹을 공습……" 혹은 "진짜 춥군!" 같은 말을 내뱉을 것이다. 그러고 나서 물속으로 뛰어들 것이다.

시간이 되었고, 나는 중사가 기상하는 그 자리에 있었다. 그는 지하창고의 잔해들 사이 철제침대에 몸을 누이고 잠이 들었다. 나는 잠든 그를 지켜보았다. 그는 번민이 없는 단잠의 맛을 음미하고 있는 듯했다. 리비아 사막에서의 첫날이 떠올랐다. 그때 물이 없어 죽을 날을 기다리던 프레보와 나는 격렬한 갈증이 찾아오기 전 단 한 차례 2시간가량을 잘 수 있었다. 잠을 자면서도 나는 내가 경이로운 힘을 사용하는 듯한 기분을 느꼈다. 그것은 현재의 세계를 거부하는 힘이었다. 육체를 가진 이는 나를 여전히 평화 속에 내버려두었다. 일단 얼굴을 팔 사이에 파묻고 나자 나의 밤과 행복한 하룻밤이 분간이 되지 않았다.

그렇게 중사는 몸을 둥글게 말고서 인간 같지 않은 모습으로 쉬고 있었다. 그를 깨우러 온 사람이 촛불을 켠 다음 병의 좁은 주둥이에 넣어 고정했다. 나는 처음에는 군화 말고는 흐 릿한 더미에서 나타난 것을 전혀 알아보지 못했다. 징이 박히 고 편자가 박힌 커다란 군화, 날품팔이들이나 항만노동자들의 군화였다.

그 남자는 작업 도구들을 착용하고 있었다. 그가 몸에 걸친 건 전부 도구들뿐이었다. 탄띠, 리볼버, 가죽끈, 요대. 그는 안 장과 말의 고삐, 짐 싣는 말의 모든 마구를 걸치고 있었다. 모 로코 지하창고 깊숙한 곳에서 눈을 가린 말들이 연자방아를 돌리는 걸 본 적이 있다. 이곳에서도 희미한 초의 불그스름한 불빛이 떨리는 가운데 연자방아를 돌리도록 눈을 가린 말을 깨웠다.

"이봐! 중사!"

중사는 아직 잠든 얼굴을 보이면서, 알아들을 수 없는 말을 하며 천천히 움직였다. 하지만 아직 깨고 싶지 않다는 듯 벽 쪽 으로 돌아누웠고, 엄마 뱃속의 평온함 속으로, 수심 깊은 물 밑 으로 들어가듯 깊은 잠 속으로 자신을 더 단단히 밀어넣으며, 주먹을 쥐었다 폈다 하면서 무슨 검은 해초 같은 걸 부여잡고 있었다. 그의 손가락을 펼칠 필요가 있었다. 우리는 그의 침대 에 앉았다. 우리 중 한 명이 부드럽게 그의 목 뒤로 팔을 넣어 미소를 지으며 그 무거운 머리를 들어올렸다. 외양간의 아늑 한 온기 안에서 서로 몸을 부비는 사랑스러운 말들 같았다.

"헤이! 친구!"

내 인생에 그처럼 애정 어린 모습을 본 적이 없었다. 중사는 행복한 꿈으로 돌아가려고, 다이너마이트와 피곤과 얼어붙은 밤의 세계를 거부하려고, 마지막으로 안간힘을 썼다. 하지만 너무 늦었다. 바깥으로부터 무언가가 그에게 일어났던 것이다. 일요일마다 울리는 중학교 종소리가 서서히 벌을 받는 아이를 일깨운다. 그는 학교 책상과 검은 칠판, 지루한 일과를 전부 잊었었다. 그는 들판에서 놀기를 간절히 바랐으나 소용없었다. 여전히 울리는 종이 그를 인간들의 부당함, 그 냉혹함 속으로 데려가 버린다. 그 아이처럼 중사는 피로에 지친 이 육체를, 원치 않아도 추위에 떨며 일어날 때마다 고달픈 관절의 통증과 마구의 무게, 일과의 압박과 죽음을 겪을 이 육체를 천천히 다시 받아들이고 있었다. 죽음보다도, 다시 일어나기 위해 손을 적셔야 하는 끈적거리는 피, 호흡이 힘들어지고 주변의 냉기를 느끼는 그 육체, 죽음 자체보다 죽어가는 순간의 불편함을 더 느낄 육체 말이다. 그래서 나는 그를 쳐다보면서, 내가 잠에서 깰 때 느꼈던 침통함을, 다시 시작될 갈증과 태양과 모래의 공격을, 내가 선택할 수 없는 생명과 꿈의 공격을 생각하고 있었다.

그때 그가 일어나더니 우리를 똑바로 쳐다본다.

"시간이 다 되었습니까?"

인간이 모습을 드러내는 건 바로 이 지점이다. 바로 이곳에서 그는 논리에 따른 예측으로부터 벗어난다. 중사는 미소를 짓고 있었던 것이다! 그는 저렇게도 간절히 하고 싶은 걸까? 나는 메르모즈와 함께 파티를 즐겼던 파리의 밤을 떠올린다. 새벽에 친구 몇몇과 무슨 기념일인지 모를 날을 위해 바에 모여서 지겨울 정도로 많은 대화를 나누고, 구토가 날 정도로 마셔댔으며, 이유 없이 피로감에 시달렸다. 그런데 흐릿하게 동이 터오자, 메르모즈는 갑자기 내 팔을 잡았다. 너무 세게 잡아서 그의 손톱이 느껴질 정도였다.

"있잖아. 다카르에선 지금쯤……."

그때는 기계공들이 눈을 비비며 프로펠러 위에 덮인 모포를 벗길 시간이었다. 조종사가 기상 예보를 참조하고, 비행장엔 동료들 외엔 아무도 없을 시각이었다. 이미 하늘은 물들었고, 이미 사람들은 다른 이들을 위한 파티를 준비했지만, 우리가 참석하지 못할 파티에 냅킨이 깔리고 있었다. 다른 이들은 위험을 무릅쓰고 있는데 말이다…….

"이곳은 끔찍하게 더럽군."

메르모즈가 말을 마쳤다.

그런데 중사, 당신은 어떤 향연에 초대되었는가, 그것은 죽음을 무릅쓸 가치가 있는가?

나는 중사 당신으로부터 마음속 이야기를 들은 적 있다. 당신은 자기 이야기를 들려주었다. 바르셀로나 어딘가의 별 볼 일 없는 회계원이던 당신은 과거에 고국의 수많은 분쟁에도 아랑곳하지 않고 숫자만 들여다보며 살았다. 하지만 동료 하나가 참전했고, 또 한 명이, 이어서 또 다른 한 명이 참전하자, 놀랍게도 당신은 이상한 변화를 겪는다. 당신의 일이 서서히 하찮게 느껴지는 것이다. 당신의 기쁨, 고민, 소박한 안락함, 그 모든 것이 시대에 뒤떨어진 것이 되었다. 거기에 중요한 것이라곤 없었다. 결국 동료 하나가 말라가 근처에서 죽었다는 소식이 도달한다. 당신이 복수를 갈망한 것은 한 친구를 위해서가 아니었다. 당신은 정치적 이유로 번민을 겪은 게 아니었다. 그러나 그 사망 소식은 당신에게, 당신의 좁은 운명 위에 바닷바람처럼 몰아쳤다. 동료 하나가 그날 아침 당신을 바라보더니 말했다.

"우리도 가야지?"

"가자."

그렇게 당신들은 그곳으로 '갔다'.

말로 표현은 못 했지만 명백히 당신을 지배한 진실이 있었다. 그걸 납득해 보려는 와중에 몇 가지 이미지가 떠올랐다.

들오리들이 철을 따라 이동할 때 그들이 날아가는 바로 아래 지면에서는 알 수 없는 물결이 일기 시작한다. 삼각형으로 큰 대형을 이뤄 비행하는 들오리들에게 이끌려 집오리들이 제 나름의 미숙한 날갯짓을 하는 것이다. 야성의 부름이 그들 안에 야성의 흔적을 일깨운 것이다. 농장의 오리들이 한순간 철새로 변한다. 늪, 지렁이, 새끼자고라는 소박한 이미지만 떠다니는 작고 단단한 오리의 머릿속에 이제 광활한 대륙, 바닷바람의 맛, 바다 지형이 펼쳐지는 것이다. 집오리는 자기 골이 수많은 경이로움을 담을 만큼 충분히 크다는 사실을 알지 못했지만, 씨앗과 지렁이는 이제 쳐다도 안 보면서 날갯짓을 하며 야생오리가 되길 꿈꾸는 것이다.

내가 기르던 가젤들이 선명히 떠오른다. 나는 쥐비에서 가젤을 키웠다. 그곳에서는 모두가 가젤을 키웠다. 마당에 철망으로 된 울타리를 만들어 가젤을 가둬 길렀다. 가젤은 바람에 흐르는 물이 필요하고, 가젤만큼 약한 동물도 없기 때문이다. 어릴 때 잡힌 가젤들은 시간이 지나면 당신 손에서 풀을 받아먹는다. 쓰다듬는 손길에 몸을 맡기고 손바닥에 축축한 코를 부비기도 한다. 이제 우리는 가젤을 길들였다고 믿는다. 가젤을 조용히 죽게 만드는 슬픔, 그들을 가장 편안한 죽음으로 내모는 미지의 슬픔으로부터 가젤을 지켜주었다고 믿는다……. 그런데 어느 날 가젤이 작은 뿔로 사막 방향으로 나 있는 울타리를 들이미는 걸 발견한다. 가젤은 자석처럼 이끌린다. 녀석들은 자신이 당신에게서 도망치고 있다는 것도 모른다. 당신이 우유를 주면 녀석들은 마시러 온다. 여전히 사람이 쓰다듬는 손길에 몸을 맡기고, 손바닥에 코를 부드럽게 들이박기도 한다……. 하지만 당신이 가젤을 놓아주자마자 녀석들은 신나서 몇 번 점프를 하다가 다시 철망을 들이받는다. 말리지 않으면 녀석들은 고개를 낮추고 작은 뿔로 죽을 때까지 울타리를 들이받을 것이다. 발정기가 온 것일까, 아니면 숨이 찰 정도로 질주하고 싶은 욕구 때문일까? 가젤은 알지 못한다. 당신이 가젤을 처음 잡았을 때 녀석들은 눈도 아직 못 뜬 상태였다. 가젤은 수컷의 냄새를 모르듯 사막의 자유도 알지 못한다. 하지만 당신은 가젤보다 똑똑하다. 가젤이 추구하는 것은 알다시피 드넓은 땅이다. 녀석들은 가젤이 되어 자기만의 춤을 추고 싶어한다. 사막 여기저기에서 뜨거운 모래 불길에 덴 듯 튀어오르다 멈추기도 하겠지만, 시속 130킬로미터로 직선 질주하는 게 어떤 것인지 경험하고 싶어한다. 가젤의 진실이 두려움을 맛보는 것이라면, 평소 한계를 뛰어넘어 가장 높이 공중곡예를 하는 것이라면, 재칼이 뭐 그리 중요하겠는가! 가젤의 진실이 태양 아래 맹수의 날카로운 발톱 아래 무방비로 노출되는 것이라면, 사자가 있다한들 상관없으리라! 당신은 가젤을 보며 생각에 잠긴다. 녀석들은 일종의 향수에 사로잡혀 있다고. 그 향수란 도무지 알 수 없는 것을 욕망하는 것이다……. 욕망의 대상은 존재하나, 그걸 표현할 단어는 없다.

그렇다면 우리가 그리워하는 것은 과연 무엇인가?

중사여, 당신은 무엇을 발견하게 될 것인가, 당신의 운명을 더는 거스르지 않겠다고 결심하게 만든 사람은 누구인가? 잠든 당신의 머리를 들어올린 형제의 팔이나, 동정하지 않고 "헤이! 친구……"라고 말하며 보내던 그의 부드러운 미소 아닐까? 동정한다는 것은 여전히 둘이라는 의미다. 여전히 분열되어 있다는 것이다. 하지만 어떤 관계의 영역에 들어서면 동정도 고마움도 다 의미를 잃어버린다. 바로 그럴 때 우리는 해방된 죄수처럼 호흡한다.

우리는 두 대의 비행팀으로 나뉘어 불복종 지역인 리오데오로를 건너며 이러한 연합을 경험했었다. 나는 조난자가 구조자에게 감사인사를 하는 걸 들어본 적이 없다. 심지어 비행기에서 다른 비행기로 우편행낭들을 옮기는 진 빠지는 시간에도 서로를 모욕하는 일이 빈번히 일어난다.

"머저리 같은 놈! 비행기가 고장 난 건 맞바람 지역에서 2,000미터 고도로 미친 듯이 비행한 네 탓이야! 고도를 낮춰 나를 따라왔다면 이미 포르에티엔에 도착해 있을 거다!"

그러면 목숨을 맡기고 따라온 상대방은 자신이 머저리가 된 듯 부끄러움을 느낀다. 그러면 우리가 무엇에 대해 고마움을 표현하겠는가? 그 역시 우리 목숨에 대해 마땅한 권리가 있다. 우리는 같은 나무의 가지들이다. 그래서 나를 구해준 당신 앞에서 나는 오만하게 굴었던 것이다!

중사여, 당신이 죽음을 대비하도록 만들어준 그 사람은 무슨 이유로 당신에게 연민을 느낀 것일까? 당신들은 서로에 대해 위험을 무릅쓴 것일까? 이런 순간에 사람은 언어가 필요하지 않은 연합된 상태에 놓인다. 나는 당신이 참전하게 된 이유를 이해했다. 당신은 바르셀로나에서 무기력하게 지내며, 일을 마친 후에도 몸을 쉴 안식처를 갖지 못했을지도 모른다. 반면 이곳에서 당신은 자기를 실현한 것 같은 느낌을 받았고, 우주의 일부가 된 기분을 느꼈다. 천덕꾸러기였던 당신이 사랑으로 받아들여진 것이다.

나는 당신에게 씨앗을 뿌린 정치인들의 대의명분이 진정성 있었는지, 논리적이었는지 알아내는 데 관심이 없다. 씨앗에서 싹이 트듯 그들이 당신에게 영향을 미쳤다면, 그것은 당신의 욕망에 그들이 부응했기 때문이다. 유일한 재판관은 당신이다. 밀의 진가를 알아보는 것은 바로 대지다.

· 3 ·

외부의 공동의 목표 안에서 형제들과 하나가 될 때, 비로소 우리는 숨을 쉰다. 우리는 경험을 통해 배웠다. 사랑한다는 것은 두 사람이 서로를 바라보는 것이 아니라 둘이서 같은 방향을 바라보는 것임을. 같은 대열 안에서 하나로 묶이고 동일한 고지를 향할 때 동료가 되는 것이다. 그게 아니라면 이처럼 모든 것이 안락한 시대에, 무슨 이유로 사막에서 마지막 식량을 나누면서도 우리가 그토록 충만한 기쁨을 느꼈겠는가? 사회학자들의 예측과 달리 진짜 가치 있는 것은 무엇이었을까? 사하라 사막에서 구조작업을 하며 크나큰 기쁨을 경험한 사람이라면 다른 즐거움은 하찮아 보일 수밖에 없으리라.

어쩌면 그런 이유로 오늘날의 세계는 우리를 둘러싸고 균열을 일으키기 시작했을 것이다. 사람들은 충만함을 보장해주는 종교에 열광한다. 우리는 모순적인 말들을 주고받고 있으나 실상 다 같은 충동을 표현하고 있다. 목적이 아니라 이성적 사유의 결실인 방법론에서 의견이 나뉘는 것이다. 목적은 다 같다.

이제 놀라지 말기 바란다. 자기 내면에 미지의 무언가가 잠들어 있다는 걸 생각조차 못 하다가, 바르셀로나 무정부주의자들의 지하실에서 그걸 깨달은 사람은 이제 단 하나의 진실만을 알게 된다. 그것은 희생정신과 서로 돕는 마음, 정의에 대한 엄격한 이미지라는 무정부주의자의 진실이다. 스페인의 수녀원에서 고통스러워하며 꿇어앉은 가련한 수녀들을 보호하기 위해 보초를 섰던 사람은 그 교회를 위해 죽음을 맞을 수도 있다.

메르모즈가 승리의 확신에 차서 안데스의 칠레 쪽 사면을 향해 갈 때, 당신이 그의 판단이 틀렸다며 상인의 편지 한 장에 목숨을 무릅쓸 가치가 없다고 반대했다면 그는 웃음을 터트렸을 것이다. 그가 안데스산맥을 통과할 때 그의 내면에서 태어난 인간, 그것이 그에겐 진리이므로.

만일 전쟁 찬성론자를 설득하기 위해 전쟁의 공포를 이야기할지라도, 절대 그를 야만인처럼 다루지 말라. 그를 판단하기에 앞서 그를 이해하려고 노력하라.

리프 전쟁 당시, 반군 지역의 두 산맥 사이에 거점을 둔 전진기지를 이끌었던 남부의 한 장교를 생각해 보자. 그는 어느 저녁 서부 산악지대에서 내려온 휴전 교섭단을 맞이했다. 그들이 평소처럼 차를 마시고 있을 때, 밖에서 총격전이 일어났다. 서부 산악지대 부족들이 그 기지를 공격했다. 대위가 전투를 치르기 위해 교섭단을 돌려보내려 했지만 그들은 이렇게 대답했다.

"우리는 오늘 당신의 손님으로 왔소. 당신을 방치한다면 신이 허락하지 않으실 거요……."

그들은 그러고 나서 대위의 부하들에게 합류해 그 기지를 구했다. 그러고 나서 독수리 둥지 같은 자신들의 지역으로 다시 올라갔다.

그러나 이번에는 그들이 그 대위를 암살할 준비를 마쳤고, 실행하기 바로 전날에 대위에게 대사들을 보냈다.

"지난 번에, 우리가 당신을 도왔었소……."

"사실이오……."

"우리는 당신을 위해 300개의 총알을 썼소……."

"맞소."

"이제 우리에게 그걸 되돌려주는 게 맞을 거요."

숭고한 정신의 소유자인 대위는 그들의 고귀함을 이용할 수도 있었으나, 그러지 않았다. 그는 그들에게 총탄을 돌려주었고, 그건 후에 돌아와 자신을 겨냥할 것이다.

인간에게 있어 진실이란, 바로 그를 하나의 인간으로 만들어 주는 것이다. 그는 품위 있는 관계와 공정한 게임, 생명에 관한 경외감이라는 상호 존중을 이미 경험했다. 그런 그가 자신에게 허용된 이러한 고귀함을 선동가의 단순한 호의와 비교할 때, 그 아랍인들의 어깨를 두드리며 형제애를 과시함으로써 그들을 으쓱거리게 하는 동시에 수치심을 준 선동가의 평범한 단순함과 비교할 때, 당신이 그를 반박한다면 그는 당신에게 다소 경멸 섞인 동정만 느낄 것이다. 그런 그가 옳다.

하지만 당신이 전쟁을 증오하는 것도 옳다.

인간과 인간의 욕망을 이해하고, 인간 본질에 다가가려면, 당신들의 진실의 증거들을 서로 대립시켜서는 안 된다. 그렇다. 당신은 옳다. 당신 모두가 옳다. 모든 건 논리로 증명된다. 세계의 불행이 꼽추의 탓이라고 하는 사람조차 옳다. 만일 우리가 꼽추에 대한 전쟁을 선포한다면 우리는 즉시 흥분할 만한 이유를 찾아낼 것이다. 우리는 꼽추가 저지른 범죄를 처단할 것이다. 분명 꼽추들도 범죄는 저지르니까.

이러한 본질을 이끌어내려면 우리는 잠시 분열을 잊어야 한다. 분열은 인정되는 순간 불굴의 진리를 담은 코란과 그로부터 기인한 광신을 만들어낸다. 우리는 인간을 우파와 좌파로 나누고, 꼽추와 꼽추가 아닌 사람으로 나누고, 파시스트와 민주주의자로 나눈다. 이러한 구별은 타당하다. 하지만 진실이란 당신도 알다시피 세계를 단순하게 하는 것이지, 혼돈을 만들어내는 것이 아니다. 진실이란 보편적인 세계를 되찾는 언어다. 뉴턴은 오랫동안 숨겨진 법칙을 '발견'하기 위해 수수께끼에 해답을 제시하는 방법을 쓰지 않았다. 뉴턴은 창조적인 작용을 실현했던 것이다. 그는 목초지에 떨어지는 사과와 떠오르는 태양을 동시에 표현할 수 있는 인간의 언어를 만들어냈던 것이다. 진실이란 입증되는 것이 아니라 단순하게 만드는 것이다.

이데올로기에 대해 논쟁하는 것이 무슨 소용 있는가? 모든 것이 입증된다면, 또한 반증될 수도 있다. 그러한 논쟁은 인간의 구원을 불행으로 밀어넣는다. 우리 주변의 인간들은 언제나 동일한 욕망을 드러낸다.

우리는 해방되기를 원한다. 곡괭이질을 하는 사람은 그 노동이 갖는 의미를 알고 싶어 한다. 도형수가 하는 곡괭이질은 그를 수치스럽게 만들기에, 광맥을 찾는 자의 곡괭이질과 결코 같지 않다. 광맥을 찾기 위한 곡괭이질은 그를 성장시킨다. 곡괭이질을 한다고 해서 도형장인 게 아니다. 그것은 물질적인 공포가 아니다. 아무 의미도 없이 곡괭이질을 하는 곳이 도형장이다. 곡괭이질을 하는 사람을 인간 공동체와 이어주지 않기 때문이다.

우리는 그러한 도형장으로부터 탈주하기를 원한다.

유럽에는 2억 명의 사람들이 아무런 의미도 없이 살아가며, 그저 다시 태어나기만 바라고 있다. 산업의 변화로 농업 종사자들은 언어를 빼앗기고, 검은 객차들이 들어찬 조차장 같은 거대한 게토에 갇혀 살게 되었다. 노동자 주택단지에서 살아가는 그들은 스스로 각성되기를 원한다.

또 어떤 이들은 톱니바퀴처럼 돌아가는 업무로 인해 개척자의 기쁨, 종교적 기쁨, 학자의 기쁨을 금지당했다. 사람이 성장하는 데엔 옷을 입히고 음식을 먹이는 등 모든 욕구를 충족시키기만 하면 된다고 믿기도 했었다. 그런데 그들 내면에 서서히 쿠르틀린의 작품 속 소시민이, 마을의 정치인이, 내면생활이 거세된 기술자가 자리 잡기 시작했다. 교육은 시켜줄 수 있으나 교양까지 쌓아줄 수는 없었다. 공식을 암기하면 교양이 쌓인다고 믿는 그들은 보잘것없는 교양 수준에 머물렀다. 전문학교에 다니는 열등생이더라도 자연과 법칙에서는 데카르트와 파스칼보다 더 조예가 깊을 수 있다. 하지만 정신적 사유에서도 동일한 능력을 갖추었을까?

정도의 차이는 있겠으나 우리는 누구나 다시 태어나고 싶다는 욕망을 갖는다. 그런데 해결책이 틀렸다. 사람에게 군복을 입혀서 자극시킬 수는 있다. 그들은 군가를 부르고 전우끼리 빵을 나누어 먹을 것이다. 자신이 추구하던 보편적 세계의 맛을 발견할지도 모른다. 하지만 그들에게 주어진 빵으로 인해 그들은 죽어갈 것이다.

우리는 나무로 된 우상을 발굴해 어느 정도 공신력 있는 오랜 신화를 부흥시키거나, 범게르만주의 혹은 로마제국주의 신화들을 부흥시킬 수도 있다. 독일인들이 자신이 독일인이자 베토벤의 동포라는 점에 도취되어 열광하게 만들 수도 있다. 별 볼일 없는 일을 하는 사람들을 도취시킬 수도 있다. 분명 보잘것없는 사람을 베토벤 같은 사람으로 바꾸는 것보다 그

편이 더 쉽다.

하지만 그러한 우상들은 사람을 파멸시키는 우상이다. 지식의 진보나 질병의 치유를 위해 죽어가는 사람은 죽음과 동시에 인류의 삶에 기여한다. 영토 확장을 위해 죽는 일도 아름다울 수 있다. 그러나 오늘날의 전쟁은 이익을 가져다주는 척하면서 파괴를 일삼는다. 오늘날은 인류 전체를 위해서라면 어느 정도의 피를 희생하는 건 문제가 되지 않는다. 전쟁이 비행기와 이페리트 독가스와 더불어 일어나는 이상, 전쟁은 피를 철철 쏟는 외과수술에 지나지 않게 되었다. 각자 콘크리트벽을 은신처 삼아 밤마다 소함대를 보내 적군의 핵심부를 소탕하고, 그들의 심장을 날려 버리고, 생산과 거래를 마비시킨다. 승리는 마지막으로 썩게 될 자의 것이다. 그런데 결국 두 적군은 더불어 썩어간다.

황폐해진 세상에서 우리는 동료들과의 만남을 목말라했다. 전우끼리 나눠 먹은 그 빵의 맛이 우리로 하여금 전쟁의 가치를 받아들이도록 했다. 하지만 동일한 목표를 향하는 전우의 어깨에서 온기를 발견하기 위해 전쟁을 치를 필요는 없다. 전쟁은 우리를 현혹시킨다. 증오는 흥분 어린 경주일 뿐 아무것도 더하지 못한다.

우리는 무엇 때문에 서로 증오하는가? 같은 행성에서 태어나 한 배를 탄 팀인 우리는 굳게 결속되어 있다. 새로운 통합을 이루기 위해 문명이 서로 대립하는 것까지는 괜찮다 해도, 문명이 서로를 파괴하는 것은 끔찍한 일이다.

우리가 해방되기 위해서는 다른 사람들과 우리를 하나로 묶어주는 목표를 알려주는 것만으로 충분하다. 우리 모두를 하나로 연결시키는 그 지점에서 목표를 찾아야 한다. 회진을 도는 외과의사는 그가 청진하는 환자의 하소연을 듣지 않는다. 그 환자를 매개로 의사가 치료하려는 것은 바로 인간 자체이기 때문이다. 의사는 보편적인 언어로 말한다. 마찬가지로 물리학자가 거의 신에 가까운 화학식을 궁리할 때, 이를 통해 그는 원자와 성운을 동시에 이해하려고 한다. 소박한 목동도 마찬가지다. 별 아래서 양 몇 마리의 곁을 묵묵히 지키는 목동이 제 역할을 인식하고 있다면 그는 스스로를 하인 취급하지 않을 것이다. 그는 파수꾼이다. 그러니 매번 보초를 서는 것은 왕국 전체의 안전을 책임지는 것이다.

앞서 말한 목동이 이러한 인식을 바라지 않는다고 생각하는가? 나는 마드리드 전선에서 참호로부터 500미터 떨어진 언덕 위 낮은 돌벽 뒤에 위치한 학교를 방문한 적이 있다. 그 곳에서 하사 한 명이 식물학을 가르치고 있었다. 그는 개양귀비의 바스라질 듯한 기관을 손으로 보여주면서 수염을 기른 여행자들의 주목을 끌고 있었다. 여행자들은 순례 중에 온통 진창인 곳을 피하면서, 포탄에도 불구하고 그가 있는 언덕으로 올라왔다. 일단 하사 주위에 자리를 잡고 나자 그들은 손으로 턱을 괸 채, 책상다리를 한 하사의 말을 경청했다. 그들은 눈썹을 문지르고 이를 꽉 물기도 했는데 그 수업을 이해하지 못했던 것 같다. 그때 하사가 그들에게 말했다.

"당신들은 짐승들이에요. 그 소굴로부터 막 빠져나왔죠. 인간애를 회복해야 합니다!"

그들은 서둘러 그 말에 따르고자 무거운 발을 이끌고 자리를 옮겼다.

우리는 자신의 역할을 자각할 때, 아무리 하찮은 역할이라도 깨달을 때 비로소 행복해진다. 평화롭게 살다가 평화롭게 죽음을 맞을 것이다. 삶에 의미를 부여한 것이 죽음에도 의미를 주기 때문이다.

죽음은 사물의 순리 안에 있을 때 가장 평화롭다. 프로방스 지방의 늙은 농부는 임종이 가까워지자 아들들에게 염소들과 올리브나무들을 물려주면서, 후에 때가 되면 그들도 자식들에게 이를 물려주도록 했다. 농부의 혈통은 그러므로 절반만 죽은 것이다. 각 존재는 자기 차례가 오면 콩깍지를 터트리듯 알갱이를 전달해 주는 것이다.

한번은 어머니의 임종을 지키는 농부 세 명을 곁에서 본 적 있다. 분명 고통스러운 경험이었다. 탯줄이 다시 한 번 끊어지는 것과 같으니까. 한 세대에서 다른 세대로 이어졌던 매듭이 재차 풀린 것과 같았다. 세 명의 아들은 이제 모든 걸 새로 배워야 하는 상황임을 깨닫고 혼자 남겨졌다고 느꼈다. 그들은 잔칫날이면 하나가 되던 가족의 식탁을 빼앗겼고, 모두가 모이던 중심축을 빼앗기고 말았다. 하지만 나는 이러한 단절 속에서 두 번째로 생명이 허락될 수 있다는 걸 또한 발견했다. 이 아들들 역시 차례가 오면 가정의 머리, 하나로 모이는 지점이자 가장의 역할을 할 터였다. 그들이 정원에서 뛰어노는 아이들에게 모든 권한을 넘겨줄 때가 오기 전까지 말이다.

나는 그 어머니를 바라보았다. 농부의 늙은 아내는 평온하고도 강건한 얼굴을 가졌고 입술을 다물고 있었다. 그녀의 얼굴은 돌로 된 가면으로 변했다. 그 가면은 아들들의 얼굴을 찍어내는 데 사용되었다. 이 육체는 아들들의 육체를, 인간의 아름다운 견본을 찍어내는 데 쓰였다. 이제 그녀는 기진맥진해져 알맹이가 다 빠져나간 과일 껍질처럼 쉬고 있었다. 아들딸들은 자기 차례가 오면 제 살로부터 작은 인간들을 찍어내게 될 것이다. 그렇게 농장에서 죽음은 일어나지 않을 것이다. 이제 어머니가 돌아가셨다. 어머니여, 안식에 드시길.

마음이 저민다. 하지만 혈통의 이미지는 얼마나 단순한지. 그것은 변신을 거듭하며 알 수 없는 진리를 향해 가면서도, 가는 길에 아름다운 백발의 허물을 하나씩 남기고 떠난다.

바로 그런 이유로 그날 저녁, 시골 작은 마을에서 울려퍼지던 죽음을 알리는 종소리가 내게는 절망이 아니라 은밀하고 다정한 환희로 들렸다. 장례식과 세례식에서 울리는 이 동일한 종소리는 한 세대에서 다른 세대로의 이행을 다시금 알려주었다. 가련한 노부인과 대지의 약혼을 기리는 노랫소리를 들으며 우리는 지극한 평안만을 느꼈다.

나무의 성장처럼 느리게, 한 세대에서 다른 세대로 전수되는 것, 그것이 삶이자 의식이었다. 이러한 상승은 그 얼마나 신비로운가! 용해된 용암, 별 모양의 반죽덩어리, 기적적으로 움튼 살아 있는 세포에서 태어난 우리는 천천히 성장해 결국 칸타타를 작곡하고 은하수의 무게를 짐작하기에 이른다.

그 어머니는 그저 생명을 전달한 것이 아니다. 아들들에게 언어를 가르쳤고, 몇 백 년 동안 느리게 축적된 학식과, 그녀가 위탁했던 영적인 유산, 전통과 개념, 신화의 작은 몫을 그들에게 넘겨주었던 것이다. 그 소박한 몫이 뉴턴이나 셰익스피어와, 소굴의 짐승을 분리시키는 모든 차이점을 만들어낸다.

배고프다는 느낌, 바로 그 허기가 포탄 속에서도 스페인 군인들을 식물학 수업으로 이끌었고, 메르모즈가 남대서양으로 떠나도록 이끌었다. 그렇게 계속해서 무언가가 발생하고, 우리는 자기 자신과 우주를 인식하는 것이다. 깜깜한 암흑 속에서 우리는 다른 사람을 향해 다리를 놓아야 한다. 그걸 모르는 사람은 이기적 무관심을 지혜로 여긴다. 하지만 이들의 지혜는 허망하다! 동료들, 나의 동료들이여, 나는 당신을 이 질문의 증인으로 삼는다. 우리가 행복하다고 느꼈던 것은 언제인가?

· 4 ·

이 책의 마지막 페이지에 이르니 우리를 배웅해 주던 늙은 공무원들이 떠오른다. 운 좋게도 나는 첫 우편비행의 지명을 받은 새벽녘에, 인간이 될 만반의 준비를 마친 상태였다. 그러나 그 공무원들은 우리와 같은 인간이었으나, 자신들이 허기를 느낀다는 걸 알지 못했다.

너무 많은 사람들이 자기 인생을 묵히고 있다.

몇 년 전, 장기 기차 여행을 떠났을 때 나는 사흘 내내 갇혀 지낸 그 바퀴 달린 나라를 자세히 들여다보고 싶었다. 바닷물

에 쓸리는 자갈 소리를 사흘이나 들으며 포로처럼 지냈기 때
문이었다. 자리에서 일어나서 나는 새벽 1시경의 기차를 맨
앞 칸부터 마지막 칸까지 돌아다녔다. 침실칸은 비어 있었다.
일등칸도 그랬다.

하지만 삼등칸 객차에는 수백 명의 폴란드 노동자들이 타
고 있었다. 그들은 프랑스에서 내쫓겨 고국으로 돌아가는 길
이었다. 나는 그들의 몸을 뛰어넘어 복도를 걸어갔다. 그러다
무언가를 보려고 멈췄다. 작은 전등 불빛 아래로, 병영이나 유

치장 냄새를 풍기는 공동침실 비슷한, 구획이 나뉘지 않은 객차 안에서 열차의 속도로 인해 한데 뒤섞이고 요동치는 사람들이 보였다. 그들 모두는 끔찍한 악몽에 처박힌 채 자신의 비참함을 다시 맛보고 있었다. 빡빡 민 커다란 머리들이 나무로 된 긴 의자 위에서 굴러다니고 있었다. 남자, 여자, 아이 할 것 없이 전부 망각 속에서, 소음과 흔들림에 공격당하며 몸을 좌우로 뒤척였다. 그들은 편안한 잠의 환대를 받지 못했다.

그들은 경제적 상황에 따라 유럽 끝에서 끝으로 이동하면서 인간의 자격을 반쯤 상실한 듯 보였다. 그들은 북쪽의 작은 집과 자그마한 정원, 옛날에 폴란드 광부들의 창문에서 보았던 제라늄 화분 3개를 전부 빼앗겼다. 그들은 주방도구, 이불과 커튼만 간신히 모아서 보따리를 꾸렸는데 대충 묶은 끈 사이로 소지품들이 튀어나올 것만 같았다. 하지만 그들이 어루만지거나 즐겁게 소유했던 모든 것, 그들이 프랑스에서 4,5년을 머물며 길들인 모든 것, 고양이와 개와 제라늄 화분을 희생해야 했다. 겨우 주방도구 정도만 챙길 수 있었던 것이다.

한 아이가 제 엄마의 젖을 물고 있다. 엄마는 완전히 지쳐 잠들어 있는 것처럼 보였다. 이 여행의 부조리와 무질서 가운데 삶은 그렇게 전수되고 있었다. 나는 아이의 아버지를 쳐다보았다. 육중한 머리는 돌멩이처럼 깎여 맨들맨들했다. 불편한 잠 속에 구겨진 몸이 작업복에 갇힌 채 오르락내리락하고 있었다. 남자는 점토로 빚어놓은 것처럼 보였다. 그날 밤 형태를 갖추지 못한 낙오자들이 긴 의자와 넓은 객차를 짓누르고 있었다. 나는 생각했다. 이 비참함이나 더러움, 추함이 문제가 아니라고. 바로 저 남자와 저 여자는 어느 날 서로 알게 되었고, 남자가 아마도 여자에게 미소를 지었으리라. 그는 일을 마친 후 그녀에게 꽃을 선물했겠지. 소심하고 서투른 남자는 거절당할까 몸을 떨었을 것이다. 하지만 타고난 교태가 몸에 밴 여자, 그의 호의를 확신한 여자는 그의 애간장을 태웠을 것이다. 곡괭이질과 망치질 하는 기계가 되어버린 그 남자는 마음 깊이 달콤한 번민에 시달렸을 것이다. 알 수 없는 것은 오늘날 그들이 점토로 만든 덩어리가 되어버렸다는 것이다. 그들은 대체 어떤 끔찍한 거푸집을 통과했기에 이런 자국이 남았을까? 동물은 늙어도 우아함을 잃지 않는다. 그런데 흙으로 빚어진 이 아름다운 인간은 무슨 이유로 이렇듯 피폐해졌는가?

나는 그 사람들 사이에서 여행을 계속했다. 그들은 음울한 장소에 있는 듯 거친 잠을 자고 있었다. 코고는 소리, 알 수 없는 불평들, 한쪽 몸이 아파서 다른 쪽으로 돌아누우려는 이들의 군화 긁는 소리들이 희미한 소음처럼 떠다녔다. 바닷물에 쓸리는 자갈 소리도 줄어들긴 했지만 여전히 끊이지 않았다.

나는 부부를 마주 보고 앉았다. 남자와 여자 사이에서 아이는 그럭저럭 자기 자리를 잡고 잠들었다. 하지만 잠결에 아이가 몸을 뒤척이자 아이의 얼굴이 작은 전등 아래 내게 드러났다. 아! 어쩜 저렇게 사랑스러운 얼굴일까! 아이는 이 부부로부터 일종의 황금빛 과일처럼 태어났다. 이 무거운 누더기옷으로부터 귀엽고 예쁜 아이가 태어난 것이다. 나는 반들반들한 아이의 이마로, 부드럽게 비죽거리는 입술 쪽으로 몸을 기울이며 생각했다. 음악가의 얼굴이구나, 어린 모차르트로구나, 엄청난 미래가 보장된 아이. 전설 속에 등장하는 왕자들과 다를 바 없는 아이. 보호받고, 애정을 받고, 교육을 잘 받으면 장차 그가 어떻게 될지 누가 안단 말인가! 정원에서 돌연변이로 장미 한 송이만 피어도 정원사들은 감동한다. 그들은 그 장미를 따로 옮겨 심고는, 좋은 환경을 제공하며 잘 키워낸다. 하지만 인간은 그 정원사가 될 수 없다. 어린 모차르트는 다른 아이들처럼 거푸집에 찍혀 나올 것이다. 모차르트는 악취가 나는 술집에서 연주를 하며 썩어빠진 음악의 고양된 기쁨을 누릴 것이다. 모차르트는 죽을 날을 받은 사형수다.

나는 내 열차칸으로 돌아왔다. 나는 속으로 되뇐다. 이들은 자신의 운명을 고통스러워하지 않는다. 그러니 지금 내가 괴로운 것은 동정심 때문은 아니다. 영원히 재발되는 상처 부위가 무뎌지는 것은 문제가 아니다. 이들은 그러한 상처를 입고도 모른 채 살아간다. 상처를 입은 자, 피해를 입은 자는 한 개인이 아니라 인류인 것이다. 나는 연민을 믿지 않는다. 나를 고통스럽게 하는 것은 정원사의 관점이다. 나를 고통스럽게 하는 것은 비참함 그 자체가 아니라, 나태함만큼이나 쉽게 우리가 비참함에 안주하리라는 사실이다. 동방의 사람들은 대대로 비참한 조건에서 살아가면서도 거기에 자족했다. 나를 고통스럽게 하는 것은 무료급식소가 사람의 고통의 뿌리를 치유할 수 없다는 점이다. 나를 고통스럽게 하는 것은 움푹 팬 구멍이나 혹, 추함 같은 것이 아니다. 바로 인간 한 사람 한 사람에게 깃든, 죽어가는 모차르트다.

오직 '정신'만이 진흙에 숨을 불어넣어 '인간'을 창조한다.

사막의 오렌지 하나

우리에게 사막은 무엇이었을까? 그것은 우리 내면으로부터
태어난 것이었다. 우리가 자신에 대해 배우는 것.

_본문에서

1939년 아카데미 프랑세즈 소설대상을 수상한 〈인간의 대
지〉는 신참 조종사 생텍쥐페리가 우편행낭을 싣고 첫 비행에
나서는 장면으로 시작한다. 그는 사막과 산, 바다를 누비며 항
로를 개척한 동료 조종사 기요메와 메르모즈의 일화를 들려주
기도 하고, 자유인의 길을 선택한 노예 바르크에게서 인간의
존엄을 발견하기도 한다. 그런가 하면 리비아 사막 한가운데
불시착해 갈증과 신기루에 시달리며 죽어가는 순간에도, 우리
와 세계와의 관계에 대해 질문하기를 멈추지 않는다.

이 책을 번역할 때가 공교롭게도 팬데믹 시대였기에, 실로
생텍쥐페리와 함께 얼어붙은 사막의 밤을 건너는 기분이었다.
자연 앞에 선 인간의 무력함은 전염병의 위력과 겹쳐 보였고,

고립된 사막에서 인간을 찾아 헤매는 모습은 각자의 사막에 갇혀 지내는 오늘날의 우리와 다를 바 없었다. 그런 점에서 생텍쥐페리가 〈인간의 대지〉에서 제시한 삶의 열쇠는 이 시대를 통과하는 우리들에게 여전히 유효하다.

생텍쥐페리는 동료 프레보와 이슬 몇 방울에 의지하며 사막에서 사투를 벌이던 중, 비행기 잔해 속에서 오렌지 한 개를 발견한다. 세계의 무심함에도 불구하고 그는 무한한 행복을 느낀다. 우리를 품어주다가도 가혹하게 내모는 대지, 이 지구라는 별을 잠시 방문한 인간은 매순간 자신만의 오렌지를 캐내야 한다. 그것이 생의 의미이자 불꽃이 된다.

"우리는 사형을 선고받았지만, 그러한 확신도 내 기쁨을 망가뜨리지 못해. 내 손에 쥔 이 오렌지 반쪽이 생애 가장 큰 기쁨을 주는구나……."

〔…〕 오늘에서야 나는 사형수에게 담배와 럼주 한 잔이 어떤 의미를 갖는지 이해한다. 그가 이러한 비참함을 받아들이는 이유를 예전에는 미처 알지 못했다. 그러나 그는 거기에서 무한한 기쁨을 얻은 것이다. 그가 미소를 지으면 사람들은 그를 용기 있다고 생각할 것이다. 그러나 그는 럼주를 마실 수 있어 미소를 지은 것이다. 그가 관점을 바꾸었다는 걸, 럼주와 담배 한 개비의 마지막 순간을 인간의 삶으로 기억했다는

걸 누구도 알지 못하리라. _194쪽

삶을 포기하려던 기요메가 한 걸음 내디딜 수 있었던 것도 아내라는 오렌지를 발견했기 때문이었다. 이 책에서 영웅담만을 읽어냈다면, 이번에는 저자가 나직하게 들려주는 삶의 진실에 귀를 기울여보길 바란다. 사막 같은 삶에서 오렌지 하나를 발견하려는 노력을 멈추지 말 것. 그것이 세상이라는 신기루에 취하지 않고 당신만의 삶을 살아가는 열쇠가 될 것이다.

생텍쥐페리는 평생을 조종사로 살면서 비행기를, 인간과 세계를 고찰하는 렌즈로 삼았다. 그는 각자에게 주어진 소명을 꺼트린 채 살아가는 인간을 '죽어가는 모차르트'라고 불렀다. 거푸집에 찍혀 나온 듯 똑같은 삶을 살아가는 삶, 그러한 인간의 조건을 바꾸는 것이 '정원사의 관점'이다. 모험 가득한 삶에 뛰어들라는 메시지로 오해해서는 안 된다. 이 책을 읽어내는 두 번째 열쇠, 정원사의 관점이 독자 여러분의 삶을 뒤흔들 화두가 되기를 바란다. 자, 그럼 다시 한 번, 생텍쥐페리를 따라 지붕도 구원도 없는 얼어붙은 사막으로 들어가보기를.

앙투안 드 생텍쥐페리 연보

1900년 6월 29일 프랑스 남서부 도시 리옹에서, 귀족인 아버지 장 드 생텍쥐페리 백작과 음악가이자 화가인 어머니 마리 드 퐁스콜롱브의 5남매 중 셋째(2남 3녀 중 장남)로 태어났다.

1904년 아버지가 갑자기 역에서 뇌출혈로 쓰러져 사망하자, 뷔제 지방에 있는 고모할머니의 생모리스 드 르망 성채와 바르 지방에 있는 외할머니의 라 몰 성채를 오가며 생활했다. 여자들에 둘러싸여 자라며 관대한 보살핌을 받아서인지 반대를 잘 받아들이지 못했고, 형제들에게 명령하기를 좋아해서 '태양왕'이라고 불렸다.

1909년 온 가족이 르망으로 이사했다. 예수회가 운영하는 노트르담 드 생트크루아 학교에 입학했는데, 살짝 들린 코끝 때문에 친구들에게 놀림을 받았다.

1910년 새처럼 하늘을 날고 싶다는 열망에서 '하늘을 나는 기계'를 고안하고 목수의 도움을 받아 '돛 달린 자전거'로 만들었는데, 구덩이에 처박히는 결과로 끝났다.

1912년 자전거로 성채에서 6킬로미터쯤 떨어진 앙베리외 비행장을 찾아가서, 조종사에게 '어머니 허락을 받았다'고 거짓말을 하고 생애 처음 비행기를 탔다.

1914년 남동생 프랑수아와 함께 빌프랑슈쉬르손에 있는 콜레주몽그레중학교에 입학했다가, 건강상의 이유로 석 달 뒤 스위스 프리부르에 있는 성모마리아 수도회 소속 빌라생장중학교로 전학했다. 3년간 기숙사생으로 지내면서 발자크, 보들레르, 도스토옙스키 등을 알게 되었다.

1917년 파리로 올라와 생루이고등학교를 다니며 대학 입학시험을 준비했다. 그런데 기숙사에서 함께 지내던 동생 프랑수아가 심낭염으로 사망한다. 남동생이 고작 열네 살에 자신의 팔에 안겨 사망한 일로 마음에 깊은 상처를 받았다. 해군사관학교에 들어가기 위해 공부했다.

1919년 해군사관학교의 필기시험은 합격했으나 면접에서 낙방하자, 파리의 에콜데보자르미술학교 건축과에 갔다. 차츰 과학 외에 문학도 진지하게 받아들이면서 어머니의 사촌인 이본 드 레스트랑주 부인의 도움으로 파리문단에 발을 들였다. 이때 19세 청년 앙투안은 첫사랑인 17세 루이즈 드 빌모랭을 만났다.

1921년 입대할 나이가 되자 4월에 공군에 지원, 스트라스부르 노이호프에 있는 제2비행여단에 배속되었다. 하지만 공군조종사가 되기 위해 필요한 민간자격증이 없어서 활주로 정비 등 지상근무에 배치되자, 어머니가 보내주는 돈으로 민간자격증을 취득해서, 결국 6월 모로코 카사블랑카 제37전투연대 조종사가 되었다. 그런데 첫 비행부터 명령에 불복하고 자신의 취향대로 비행하는 돌출 행동을 해서 사고가 잦았으니, '비행기를 부수는 사람'이라는 불명예가 평생 앙투안을 따라다닌다. 장 지로두, 장 콕토 등의 문학에 지속적인 관심을 유지했다.

1922년 2월 소위로 임관한 후, 카사블랑카를 떠나 부르제 제33비행연대 정찰부대로 갔다.

1923년 비행기 추락으로 두개골 골절상을 입었다. 루이즈와 약혼하고, 그녀 가족들이 조종사라는 위험한 직업을 반대하자 6월 예비역 소위로 제대하고 파리에서 회계사로 취직했다. 하지만 9월 루이즈와 파혼한다.

1924년 소레 자동차 회사로 직장을 옮겨서 트럭 세일즈맨으로 근무했다. 지방 출장의 외로움을 술과 습작으로 달랬다.

1925년 파리에 들를 때마다 이모 집에 머물면서 앙드레 지드, 장 프레보 등의 유명 문인들과 친분을 맺었다.

1926년 4월 장 프레보의 주선으로 잡지 《나비르 다르장(Le Navire d'Argent)》에 《남방우편기》의 초고격인 단편소설 〈비행사(L'Aviateur)〉를 발표했다. 큰누나 마리 마들렌이 죽었다. 툴루즈로 가서 라테코에르 항공사에 입사, 영업부장 디디에 도라와 동료 비행사인 장 메르모즈, 앙리 기요메를 만났다. 그들의 조언을 받아 툴루즈-알리칸테(스페인) 노선의 첫 우편비행에 성공했다. 라테코에르 항공사가 이름을 '아에로포스탈'로 변경했다.

1927년 6개월간 툴루즈-카사블랑카-다카르 정기노선을 누볐다. 이때 기요메의 조종으로 카사블랑카-다카르 사이를 날다가 비행기 부품인 크랭크암이 부러져 사막에 불시착, 권총을 들고 두려움에 떨며 밤새 구조를 기다린 적이 있었다. 10월 모로코 남부의 기항지 캅쥐비(스페인령 사하라 사막)의 책임자로 파견되었다. 아에로포스탈의 장거리 운항 조종사들이 휴식을 취하는 중간기착지로, 불시착해서 원주민 모로족에게 납치된 조종사들을 구조하는 일이 주 업무였다. 앙투안은 외출도 자유롭지 않고 비행기도 주 1회밖에 오지 않는 고독한 사막에서 18개월간 지내면서, 협상을 위한 아랍어를 공부했고, 아프리카여우를 길들였고, 〈남방우편기〉를 썼다.

1928년 프랑스로 귀국, 브레스트에서 고급 비행사 면허를 취득했다.

1929년 갈리마르 출판사에서 《남방우편기(Courrier Sud)》를 발표했다. 9월 부에노스아이레스의 '아에로포스탈 아르헨티나'에 파타고니아 노선의 개발과장으로 발령받아 이미 그곳에 가 있던 메르모즈, 기요메와 합류했다. 신항로 개척은 짜릿하지만 고독한 작업이었던 만큼, 앙투안은 외로움과 권태로움에 힘겨워하며 틈틈이 〈야간비행〉을 썼다.

1930년 민간항공 부문의 공로를 인정받아 레지옹 도뇌르 훈장(기사 등급)을 받았다. 6월 기요메가 안데스산맥 횡단 중 행방불명되어 닷새 동안 수색했는데, 얼마 후 기요메가 스스로 살아 돌아왔다. 아르헨티나를 떠나기 몇 주 전 가을, 작은 체구의 갈색머리 미망인 콘수엘로 고메즈 카릴로(본명 콘수엘로 순신 산도발)를 만났다. 앙투안은 과테말라 국적의 외교관이자 화가이자 문인이자 사교계의 여왕인 그녀에게 반해서 서둘러 청혼했다.

1931년 1월 프랑스로 돌아와서, 4월 가족들의 반대를 무릅쓰고 아게 성당에서 콘수엘로와 결혼했다. 7개월의 짧은 연애를 거친 개성 강한 두 사람의 결혼은 싸움과 화해의 연속이었으니, 앙투안은 콘수엘로의 열정을 힘겨워했고, 콘수엘로는 조종사 남편의 부재와 직업적 위험성에 항상 마음을 졸였다. 5월 카사블랑카-포르에티엔 사이의 야간 시험비행으로 프랑스-남아메리카 신항로를 개척했다. 10월 앙드레 지드가 서문을 쓴 《야간비행(Vol de nuit)》을 출간했다. 문단은 '비행기 조종사의 독창적 경험담일 뿐 문학은 아니다'라고 폄하했지만, 12월 페미나상(프랑스의 권위 있는 문학상)을 받으며 여러 나라로 번역 출간 및 영화화되었다.

1932년 아에로포스탈이 문을 닫았다. 앙투안은 시험비행사와 공습조종사로 남는 한편 일간지 《파리 수아르》의 특파원으로 일했는데, 시험비행 중 생라파엘 만 부근에서 추락했다.

1933년 프랑스가 모든 항공사를 통합해서 '에어프랑스'를 창립하자 입사하려 했으나 실패했다. 《야간비행》이 미국에서 당대 최고의 배우 클라크 게이블 주연으로 제작되었다.

1934년 에어프랑스 홍보실에 입사했다. 《남방우편기》의 시나리오를 쓰고 직접 조종사 역할로 출연했다.

1935년 《파리 수아르》의 특파원으로 모스크바에 체류하며 탐방기사를 썼다. '가장 좋은 친구' 레옹 베르트를 만났다. 12월 파리-사이공 노선의 비행시간 갱신에 나섰다가 정비사 앙드레 프레보와 함께 리비아 사막에 불시착했다. 닷새간 사막을 배회하고 물까지 다 떨어져서 죽는구나 절망했을 때, 베두인 카라반(상인단)에게 발견되어 구출되었다.

1936년 알렉산드리아를 거쳐 귀국했다. 8월 《앵크랑시장》의 특파원으로 스페인 내전을 취재했는데, 이때 인간의 조건과 의미에 대해 깊이 고찰했다. 〈성채〉를 쓰기 시작했다. 남대서양에서 메르모즈가 실종되자 라디오와 언론에 기사를 보냈다.

1937년 톰북투-카사블랑카-다카르 직항노선을 시험비행했다. 6월 스페인 내전을 재취재해서 《파리 수아르》와 《앵크랑시장》에 보냈다.

1938년 뉴욕-푼타아레타스(칠레) 노선을 운항하다가 비행기가 추락, 다리를 절단해야 할 정도의 심각한 중상을 입었는데 별거 중이어서 고향에 머물고 있던 콘수엘로가 달려가 극구반대하고 간호했다. 퇴원 후 프랑스로 귀국해서, 스페인 내전 취재 때 생각했던 것들을 〈인간의 대지〉로 쓰기 시작했다.

1939년 파리로 돌아와 《인간의 대지(Terre des hommes)》를 출간했다. 이 책으로 5월에 두 번째 레지옹 도뇌르 훈장을 받고, 6월에 아카데미프랑세즈의 소설 분야 그랑프리를 수상했다. 미국에서 《바람과 모래와 별들》이라는 제목으로 번역 출간되고 영화화되어 미국을 여행하다가, 유럽에 전운이 감돌자 8월 급히 귀국했다. 9월 4일 제2차 세계대전이 터지자 공군 대위로 툴루즈 몽트랑의 기술교육대에 소집되었다. 비행사 지원에서는 신체검사에 불합격했지만, 기어이 33비행정찰대 2팀에 배속되었다.

1940년 5월까지 각종 작전에 참여하다가, 아라스 상공 비행 중 독일의 공격으로 비행기가 벌집이 되고 간신히 귀환했다. 6월 독불 휴전으로 징집이 해제되자 마르세유로 돌아가 〈성채〉 집필을 이어갔다. 10월 미국 출판사의 초청을 받는데, 11월 앙리 기요메가 지중해 상공에서 영국 비행기로 오인받아 이탈리아 전투기에 격투되었다는 소식을 듣자, 12월 뉴욕으로 떠났다. 처음에는 미국에 몇 주만 머무를 계획이었는데, 프랑스가 독일에게 점령되자 망명이 되었다. 엉뚱하게 신형 잠수기계를 발명하는 등의 활동을 해서 FBI 요주의대상 명단에 오르기도 했지만, 워낙 영화 《야간비행》의 대중적 인기가 높아서 스타로 대접받았고 클라크 게이블, 그레타 가르보, 찰리 채플린, 마를렌 디트리히 등의 대스타들과도 자주 만났다. 그런데 '문체를 해칠 수 있다'면서 끝내 영어를 배우지 않았다.

1941년 LA에서 수술을 받고 회복기 8개월을 보내면서, 아라스 상공에서 비행기가 벌집이 되었던 아찔한 순간을 〈전투 조종사〉로 써내려갔다. 미국 출판사들은 생텍쥐페리의 신간을 위해 기꺼이 거액의 선금을 지불했다.

1942년 《전투 조종사(Pilote de guerre)》가 미국에서 《아라스로의 비행(Flight to Arras)》이라는 제목에 베르나르 라모트의 삽화를 곁들여 번역, 출간되었다. 프랑스에서도 출간되었지만 이듬해 점령국 독일에 의해 판매가 금지된다. 여름에 롱아일랜드 베빈하우스에 자리를 잡고 〈어린 왕자〉를 집필했다. 생텍쥐페리의 뉴욕 생활은 매우 풍족하고 화려했지만, 그는 늘 '미국에 거주하는 프랑스인의 분열(비시정권 지지파와 드골정권 지지파의 충돌)에 이용당하고 있다'고 느꼈기 때문에, 연합군이 북아프리카에 상륙하고 3주 뒤인 11월 20일 '생텍스'라는 이름으로 라디오 방송에 출연해서 프랑스 국민의 단결을 호소했다. 12월 《뉴욕 타임스》에 '모든 곳에 있는 프랑스 사람들에게'라는 공개서한을 발표하고 2/33비행중대에 합류하려고 노력했다. 실비아 해밀턴에게 보내는 편지에 '나의 가장 큰 잘못은 내 동족이 전쟁으로 죽어가는 동안 미국에서 살고 있는 것'이라고 썼다.

1943년 2월 《어느 인질에게 보내는 편지(Lettre à un otage)》를 출간했다. 4월 6일 뉴욕의 레이날 앤드 히치콕 출판사에서 《어린 왕자(Le Petit Prince)》를 영역본과 프랑스어본으로 동시 출간했다. 5월 전쟁이 재개되자 3주간 배를 타고 대서양을 건너서 모로코 우지다에 있는 미군 지휘하 비행편대에 들어갔다. 하지만 미국 최신예 전투기 록히드 P38을 몰면서 영어를 못 해서 항공관제사와 무전연락을 못 했고 고도 입력 오류(1만 피트를 1만 미터로 착각) 등의 치명적 실수를 연발, 결국 7월에 론강 상공 정찰비행 후의 착륙 사고로 해고되었다. 8월 알제의 친구 집에 머물며 《성채(Citadelle)》 원고를 수정하고 제트엔진을 연구했으며, 끈질기게 청원해서 '5회만 비행한다'는 조건으로 2/33비행정찰대에 재배속되었다.

1944년 2/33비행정찰대가 코르시카의 바스티아—보르고 기지로 이동했다. 7월 31일 오전 8시 25분 총 6시간의 연료를 채우고 비무장으로 단독비행에 나섰다. 5회를 훌쩍 넘긴 8번째의 비행으로, 보름 후의 프로방스 상륙 작전에 쓰일 지역 상세 지도 제작을 위한 것이었다(론 계곡—안시—그르노블—프로방스를 거쳐 귀환하는 일정). 하

지만 앙투안의 비행기는 오후 2시 반 교신이 끊기고 실종되었다. 앙주 만 인근 해안
(니스~모나코 사이)에서 독일 정찰기에 격추되어 추락된 것으로 추측된다.

1945년 7월 31일 스트라스부르에서 추도식이 거행되었다.

1946년 6월 프랑스 갈리마르 출판사에서 《어린 왕자》를 출간했다.

1948년 국가에서 그의 죽음을 '프랑스를 위한 죽음'으로 인정했다.

1998년 9월 마르세유 먼 바다에서 한 어부의 그물에 생텍쥐페리의 이름이 새겨
진 팔찌가 걸려 올라왔다.

2000년 생텍쥐페리의 정찰기로 추정되는 비행기 잔해가 발견되었다.

2004년 4월 7일 프랑스 공군이 '전해 가을 리우섬 근방에서 발견된 P38이 생텍
쥐페리 비행기의 잔해로 판명되었다'라고 발표했다.

2008년 당시 참전했던 독일군 조종사 호르스트 리페르트가 '내가 생텍쥐페리의
정찰기를 격추시켰다'라고 주장했는데, 증거는 제시되지 않았다.

옮긴이 김미정

이화여자대학교 불문학과와 이화여자대학교 통역번역대학원 한불번역학과를 졸업했다.
출판사 편집자로 일했고, 현재는 번역가로 활동 중이다. 《어린 왕자》《알레나의 채소밭》
《부모 번아웃》《경쾌한 사색자, 개》《파리의 심리학 카페》《라루스 청소년 미술사》《기
쁨》《고양이가 사랑한 파리》《미니멀리즘》 등을 번역했다.

초판본 인간의 대지
1939년 오리지널 초판본 표지디자인

초판 1쇄 펴낸 날 2023년 4월 30일

지 은 이   앙투안 드 생텍쥐페리
옮 긴 이   김미정
펴 낸 이   장영재
펴 낸 곳   (주)미르북컴퍼니
자 회 사   더스토리
전   화   02)3141-4421
팩   스   0505-333-4428
등   록   2012년 3월 16일(제313-2012-81호)
주   소   서울시 마포구 성미산로32길 12, 2층 (우 03983)
E-mail   sanhonjinju@naver.com
카   페   cafe.naver.com/mirbookcompany
인스타그램   www.instagram.com/mirbooks

* (주)미르북컴퍼니는 독자 여러분의 의견에 항상 귀 기울이고 있습니다.
* 파본은 책을 구입하신 서점에서 교환해 드립니다.
* 책값은 뒤표지에 있습니다.